Coordinación editorial: M.ª Carmen Díaz-Villarejo
Diseño de colección: Gerardo Domínguez
Maquetación: Espacio y Punto, Impresia Ibérica
Ilustraciones: Barbara Korthues
Traducción del alemán: Marinella Terzi
Título original: *Jagd auf den Schatz von Troja*
© Rowohlt Verlag GmbH, 2007
© Macmillan Iberia, S. A., 2010
   c/ Capitán Haya, 1 - planta 14a. Edificio Eurocentro
   28020 Madrid (ESPAÑA)
   Teléfono: (+34) 91 524 94 20

www.macmillan-lij.es

ISBN: 978-84-7942-589-0
Impreso en China / *Printed in China*

GRUPO MACMILLAN: www.grupomacmillan.com

ESTE LIBRO PERTENECE A:

Olaf Fritsche

EL TESORO
DE TROYA

Ilustración de
Barbara Korthues

EL TÚNEL SECRETO

MACMILLAN
Infantil y Juvenil

Un tesoro en el jardín

El sol picaba de lo lindo. Estaban a mediados de julio. Vacaciones de verano. En el jardín silvestre que rodeaba aquella villa llena de misterio, la hierba había alcanzado ya el metro de altura. Pero la temperatura todavía estaba más alta. Hacía días que el termómetro superaba los treinta grados. Con aquel calor hasta los escarabajos y las moscas buscaban zumbando el frescor de la sombra.

Bajo el cerezo medio achicharrado que había en un rincón, un chico de diez años descansaba inmóvil sobre la hierba.

Tenía el pelo moreno, despeinado; los ojos cerrados; llevaba una camiseta con la leyenda "Cero mates = cero problemas", plagada de manchas rojo oscuro. Su pecho subía y bajaba regularmente, y de vez en cuando su boca pronunciaba un ligero quejido. Aquellos eran todos los signos de vida que había mostrado en la última hora.

—¡Jamás volveré a moverme! –dijo finalmente.

—Mejor así, Magnus –le respondió una chica que, a un paso de él, arrancaba de puntillas las cerezas del árbol y las iba metiendo en un sombrero vaquero–. Tu madre te matará cuando vea que te has revolcado en las cerezas maduras. Así que, para eso, es mejor que te quedes y te mueras aquí.

Cogió aire, fijó la vista en un rosal a medio florecer y escupió con fuerza la semilla en esa dirección. La pepita se quedó a unos metros de distancia. La niña, disconforme, se metió otra cereza en la boca. No acostumbraba a darse por vencida. Y tampoco a quedarse sentada. Aunque hiciera un calor tan espeluznante como aquel. Se apartó un largo mechón de pelo rubio cobrizo de la cara, guiñó los ojos azules y... fffffiiifffff. ¡Tocado! Una rama del rosal se balanceó aquí y allá para confirmarlo.

—Es como si me hubiera puesto unos tacones y hubiera pasado por encima de ti una docena de veces –bromeó Albert, el tercero del grupo, mientras iba y venía con su silla de ruedas. Tres años atrás se había lesionado la espalda tan gravemente en un accidente de tráfico que ya no podía mover las piernas, ni siquiera sentirlas. Pasó una época muy mala. Sobre todo, porque su madre murió en el accidente. Pero con la ayuda de sus amigos, Albert había aceptado por fin la silla y ahora le parecía la cosa más normal del mundo. Igual que unas gafas o un aparato en los dientes.

Un grajo hacía esfuerzos por mantenerse en equilibrio sobre el hombro del chico. Merlín se había caído del nido cuando era un polluelo y Albert lo había alimentado con sus propias manos. Al pájaro le había gustado y se había quedado con él. Aunque ahora se buscara él mismo la comida, por supuesto.

Como los niños lo habían arrancado de su sueño, Merlín aleteó hasta el suelo y desfiló con paso mayestático delante de Magnus. Las manchas rojas de la camiseta también reclamaron su atención. ¿Podría comérselas? Picoteó la más grande con curiosidad.

—¡Hey! –Magnus se incorporó asustado–. ¡Estás tonto, Merlín! —y se lo quitó de encima sin miramientos. En ese momento se fijó en su camiseta–. ¡Vaya porquería! –gritó, estirando la prenda para observar mejor el desastre–. Está llena de manchas. Creía que me estabais tomando el pelo. ¿De dónde demonios ha salido esto?

—Bueno, como si fuera tan difícil responder a eso –dijo Lily abriendo mucho los ojos y haciendo una mueca. Luego levantó una rama del suelo y la empuñó como si fuera un puntero–. Aquí, el cerezo; ahí, el sol. Las cerezas maduran. Las cerezas se pasan. Las cerezas se caen. Las cerezas se diseminan por la hierba. Aparece un panoli. El panoli se tira sobre la hierba. Las cerezas estallan. La camiseta del panoli se llena de manchas –resumió sencillamente.

—¡Oh, nooo! Voy a tener problemas –gimió Magnus de mal humor y se dejó caer de lado–. ¡Ay! –se impulsó de inmediato hacia arriba, como si un yeti le hubiera pinchado con un asador incandescente, y se frotó el antebrazo con la cara contraída de dolor.

—¿Qué te pasa ahora? –dijeron Lily y Albert al mismo tiempo.

—Algo me ha mordido –contestó Magnus–. En la hierba.

Lily se agachó en el lugar que Magnus señalaba con el dedo. A primera vista no vio nada. Ninguna avispa, ninguna araña y, desde luego, ningún escorpión venenoso. Removió con precaución la tierra con el palo. ¡Allí! Había algo duro. Le dio otra vez. ¡Efectivamente! Medio oculto entre los tallos, enganchado en las raíces, había algo. Algo duro, largo, con púas afiladas. Lily metió los dedos en la tierra, bajo una de las puntas de aquella cosa. Por fin pudo sacarla.

—¡Un tenedor! –gritó triunfante mientras levantaba la pieza de metal ligeramente doblada–. Te ha mordido un tenedor –le informó muerta de risa.

Magnus no se rió. Seguía apretándose el brazo.

—Me ha hecho daño –se lamentó–. Y, en todo caso: ¿qué pinta un tenedor en el jardín?

—¿Aparte de ir a la caza y captura de niñatos, quieres decir? –se burló Albert con malicia. Luego se acercó a Lily y le quitó de la mano el arma del delito–. Mmmm… no es nuestro. Tal vez lo perdiera el anterior propietario de la villa durante un picnic.

Hacía poco que el padre de Albert había comprado la casa, porque era más fácil de adaptar a la silla de ruedas que su antiguo piso. La mansión pertenecía a un tipo extravagante del que la gente contaba las historias más absurdas. Al parecer solía comentar que viajaba a través del tiempo y se dedicaba a celebrar fiestas con la realeza. Los vecinos se ponían un dedo en la sien cuando hablaban de él. Solo Albert, Lily y Magnus sabían que, sorprendentemente, aquella locura era la pura verdad. Habían encontrado el diario del loco y descubierto el túnel secreto que conducía al pasado. Un túnel que los había llevado al Salvaje Oeste y a la Italia del famoso inventor Leonardo da Vinci. En ambas ocasiones vivieron momentos de gran peligro y estuvieron a punto de no regresar al presente.

Por lo visto, el anterior propietario no había tenido tanta suerte, porque un día desapareció sin más. Para la policía había sido un verdadero enigma y finalmente archivaron el expediente en los casos no resueltos. Nadie podía imaginarse lo que había ocurrido con aquel hombre. Solo los niños sospechaban que pudiera haber viajado a través del túnel al pasado y allí tal vez hubiera caído en dificultades. Pero no tenían ni idea de la época en que pudiera estar apresado.

Y ahora se habían topado con su tenedor.

—¿Tú crees que en vuestro jardín habrá más cosas suyas? –preguntó Lily–. ¿Un tesoro, quizá?

—¡Por supuesto! –Albert se rascó la nariz, excitado. Sus ojos verdes brillaban, como le ocurría siempre que algo le entusiasmaba–. ¡Una búsqueda del tesoro! Sería la distracción ideal para una tarde como esta.

Magnus dejó de frotarse el brazo. No creía que hubiera un tesoro con oro, plata y piedras preciosas en el jardín, pero…

—Por lo menos así estaríamos seguros de que no hay más tenedores y otros cubiertos dañinos en la hierba –dijo, asintiendo.

—Entonces, ¡vamos allá! –ordenó Lily. Se metió el resto de las cerezas en la boca y se puso el sombrero vaquero en la cabeza. Aquel sombrero era su máximo orgullo. Era auténtico, genuino. En su primer viaje a través del tiempo se lo había intercambiado a un chico por unos cuantos chicles. Desde entonces solo se lo quitaba cuando era realmente imprescindible. Los chicos se pusieron a la tarea con entusiasmo. Lily posó la punta del palo en el suelo y fue empujándolo como si se tratara de un arado. Magnus se puso de rodillas y comenzó a palpar la hierba con las manos. Albert se marchó a la caseta de las herramientas y al minuto regresó con un rastrillo. Empezó a rastrillar el césped, pero la herramienta se le enredaba cada dos centímetros en tallos y hierbajos. Merlín saltaba animado entre los niños, zampándose los insectos que les molestaban. Era un trabajo agotador, y por toda recompensa encontraron…

—¡Nada! ¡Nada de nada!

Lily y Magnus se dejaron caer exhaustos al lado de la silla de ruedas. La niña se abanicó con el sombrero.

—Así no haremos nada –señaló Magnus. La búsqueda había provocado que su camiseta tuviera también varias manchas verdes aparte de las rojas de las cerezas–. Necesitamos asistencia técnica. Algo así como…

—¡Un detector de metales! –dijo Albert chasqueando los dedos–. ¿Cómo no se me ha ocurrido antes? Seguro que mi padre tiene uno en su laboratorio. Lo cogeremos prestado.

El padre de Albert no solo tenía detectores de metales. Tanto en su laboratorio como en los distintos almacenes de los que disponía en la villa se podía encontrar prácticamente cualquier aparato que existiera en el mercado. Incluso algunos que no existían. Y es que el padre de Albert era inventor de profesión. Dedicaba las horas del día a tratar de inventar todo tipo de objetos más o menos provechosos. Lo cierto es que algunos de los chicos los encontraban…, bueno…, realmente extraños. El tostador frío, por ejemplo, con el que desde luego era imposible quemarse pero que necesitaba tres semanas para tostar una única tostada... O la máquina contadora de follaje, que te decía el número exacto de hojas que habían caído de un árbol pero no barría ni una.

Otras cosas eran sencillamente supermegageniales. Entre las punteras estaba el traductor universal. El aparato era del tamaño de un guisante. Si te lo ponías en la oreja, asimilaba todo lo que se hablaba a tu alrededor y traducía automáticamente las lenguas extranjeras al alemán. Si querías decir algo tú mismo, solo era preciso pensar la frase y el traductor reconocía la actividad eléctrica de tu cerebro. Volcaba las palabras a la lengua extranjera y utilizaba tu boca como un altavoz. A todos los demás les daba la impresión de que tú hablabas inglés, francés, italiano o español de corrido. El padre de Albert nunca había querido comercializar el aparato, pero este había demostrado su gran utilidad en los viajes a través del tiempo de los niños.

Pero cuando Lily, Magnus y Albert llamaron a la puerta del taller en el primer piso de la villa, no pretendían obtener ni una máquina extravagante ni un invento genial. Se conformarían simplemente con un detector de metales de lo más convencional.

—Adelante, siempre que no seáis un asesino de mariposas –respondió una voz profunda.

Albert abrió la puerta y entró en el laboratorio. Era una habitación espaciosa con las paredes llenas de mesas y estanterías en las que se apiñaban probetas, instrumentos de medición, mecheros de laboratorio,

soldadores, frascos para productos químicos, microscopios, pipetas y agitadores eléctricos. Un montón de objetos que los científicos e inventores necesitan para su trabajo. Pero, a diferencia de otros laboratorios, al entrar, los niños se toparon con un sinfín de mariposas de todos los colores del arco iris y con los dibujos más extraños.

—Ah, sois vosotros. ¡Rápido, cerrad la puerta! –gritó en medio del jaleo un hombre alto y delgado, con el pelo despeinado–. Si no, se van a escapar.

Lily cerró al momento, pero con cuidado de no pillar el ala de ninguna.

—¿Qué es esto? –Magnus preguntó lo mismo que pensaban los tres.

—Oh, solo estoy probando mi nuevo invento –explicó el padre de Albert con una sonrisa–. ¿Ninguno de vosotros estará por casualidad en baja forma? –les preguntó mirándolos uno a uno con expresión esperanzadora. Pero en lugar de caras tristes descubrió rostros interrogantes.

—Qué lástima –se lamentó–. Una lástima de verdad. Habríamos podido hacer un test de inmediato.

—Profesor –intervino Lily con paciencia–, todavía no nos ha dicho por qué está todo lleno de mariposas.

Aunque los niños no sabían si el padre de Albert era en verdad profesor, siempre le llamaban así. Porque era tan genial y despistado como solo un

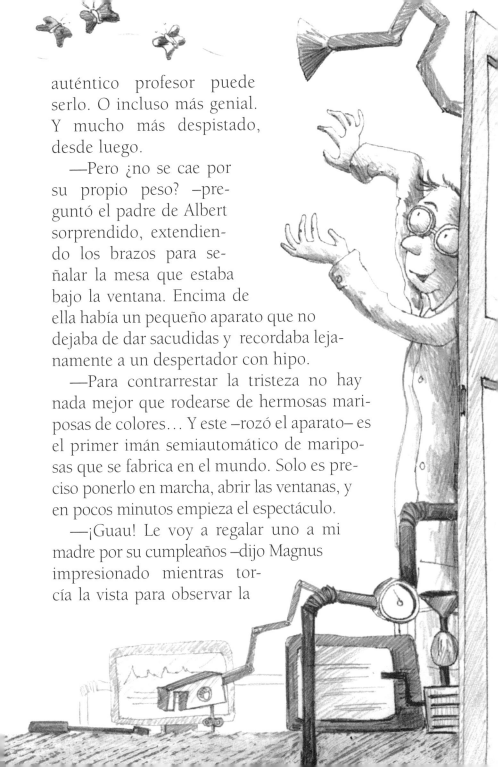

auténtico profesor puede serlo. O incluso más genial. Y mucho más despistado, desde luego.

—Pero ¿no se cae por su propio peso? –preguntó el padre de Albert sorprendido, extendiendo los brazos para señalar la mesa que estaba bajo la ventana. Encima de ella había un pequeño aparato que no dejaba de dar sacudidas y recordaba lejanamente a un despertador con hipo.

—Para contrarrestar la tristeza no hay nada mejor que rodearse de hermosas mariposas de colores… Y este –rozó el aparato– es el primer imán semiautomático de mariposas que se fabrica en el mundo. Solo es preciso ponerlo en marcha, abrir las ventanas, y en pocos minutos empieza el espectáculo.

—¡Guau! Le voy a regalar uno a mi madre por su cumpleaños –dijo Magnus impresionado mientras torcía la vista para observar la mariposa pavo real que se había posado sobre la punta de su nariz.

—Mmm... Bueno, el invento todavía no está perfeccionado del todo –confesó el profesor en un tono algo más bajo–. En la prueba anterior han venido un montón de avispas. Y antes, escarabajos estercoleros. Tal vez haya algún contacto flojo... Eso sospecho.

Albert aprovechó ese momento para retomar el verdadero motivo de su visita al laboratorio.

—Oye, papá, querríamos buscar tesoros en el jardín y nos vendría muy bien que nos prestaras un detector de metales –dijo.

—¿Un detector de metales? Sí, tenemos algo así. Déjame pensar... –El padre de Albert frunció el entrecejo y meditó. Sobre su cabeza revoloteaban dos macaones alrededor de una ortiguera–. Tendría que estar en el almacén del sótano. En una caja de madera larga, hacia la derecha. Parece un aspirador sin bolsa. Es muy fácil de usar: hay que ponerlo en marcha y moverlo por el suelo a la izquierda y a la derecha. Si detecta un metal, pega un pitido. Podéis cogerlo.

—¡Genial! ¡Muchas gracias!

Lily y Albert dieron media vuelta y se encaminaron hacia el sótano cruzando una nube febril de vanesas y mariposas de la col.

—¡Enseguida voy! –dijo Magnus. Luego se giró hacia el padre de Albert, de cuyas orejas colgaban ahora dos limoneras del revés.

—Profesor, yo tengo otro problema. Mi camiseta… Si la ve mi madre, se va a armar una buena –explicó mostrándole las manchas de la prenda.

—Mmm… Déjame ver –murmuró él. Se puso una lupa en el ojo derecho y observó las manchas detenidamente–. Clorofila, carotenoide, antocianina… Te has revolcado por todo el jardín, ¿no?

Magnus miró avergonzado al suelo. Una vanesa de los cardos reposaba sobre su pie izquierdo.

—No supone ningún problema –le informó el padre de Albert–. Terminar con ellas será un juego para mi cromofordisruptor.

—¿De verdad? –La cara de Magnus irradiaba alegría. Ya se había imaginado palabra por palabra el recibimiento que le esperaba en casa cuando apareciera con la camiseta hecha un asco.

—Por supuesto –aseguró el profesor–. La pondré en un barreño con mi cóctel especial de lavado y cuando acabéis con la búsqueda del tesoro, no encontrarás ni el menor rastro de manchas.

—Eso sería… eso sería… ¡fantástico! –balbuceó Magnus.

—Y, mientras, te dejaré una camiseta de Albert. Si no, encima, acabarás quemándote. –Le acompañó un piso más abajo, a la habitación de Albert, y allí dijo en voz alta y clara–: ¡camiseta!

Empezó a sonar un traqueteo en el armario. Luego se oyeron tres clics, en la parte izquierda se abrió una puertecilla y de ella salió una balda sobre la que había una camiseta amarilla con la leyenda "Albert Einstein 1879-1955". Entre el nombre y los años estaba reproducida la imagen de un anciano que le sacaba la lengua al fotógrafo.

—Toma, te puedes poner esta –dijo el padre de Albert, ofreciéndole la prenda.

—¡Qué armario tan guay! –se sorprendió el chico por segunda vez en pocos minutos.

—¿Te parece? —El profesor se rascó la cabeza con timidez—. Sí, no está mal. Lo que pasa es que por desgracia tengo que desmontarlo del todo cada vez que quiero meter dentro ropa limpia. Eso hace que no sea del todo práctico.

Magnus se puso la camiseta. Era un poco más menudo que Albert, pero no le quedaba mal. Se dio la vuelta con un "¡gracias!" y fue corriendo a buscar a sus amigos.

Hay tesoros y tesoros

Magnus encontró a Lily y a Albert en el jardín. Habían sujetado el detector de metales a la parte trasera de la silla de ruedas e iban y venían sobre la hierba alta.

—¿Habéis encontrado algo? –preguntó el chico con curiosidad.

—Nosotros no –respondió Albert–. Pero Merlín ha encontrado otro tenedor. Sin necesidad de emplear ningún artilugio.

El grajo caminaba al lado de los niños observando atentamente el suelo. A la vista estaba que el juego le parecía de lo más entretenido.

¡PIIIIIIIPPPP!

¡La señal que indicaba la presencia de un metal! Lily tiró de la silla hacia atrás con nerviosismo.

¡PIIIIIIIIIIIIIIIIIIPPPPPP!

—¡Justo aquí! –La chica metió un palo en el suelo. Albert giró la silla y el pitido se apagó.

—¡Voy a buscar una pala! –gritó Magnus corriendo hacia el cuarto de las herramientas.

Cuando regresó, Lily ya había sacado el tesoro con sus propias manos: un cuchillo. No muy valioso y algo oxidado incluso. Pero a juego con los dos tenedores.

—Como sigamos así, vamos a acabar teniendo una cubertería completa –dijo Albert con una mueca. Dio la vuelta a su silla y se dispuso a continuar–. Alguien tiene que empujarme. Con esta hierba tan alta, ir hacia delante me supone hacer un esfuerzo enorme.

Magnus se puso detrás de la silla y comenzó a empujar. Lily los siguió con la pala y Merlín fue saltando, a veces por delante, a veces por detrás. No se imaginaban que buscar un tesoro supondría tal trabajo. Lo importante era que encontraran algo de más valor que unos cuantos cubiertos.

Estuvieron casi dos horas entretenidos hasta que, empapados de sudor, echaron una mirada triste al contenido de su botín: dos tenedores más, cuatro cuchillos, una cuchara, una pitillera de metal, la hebilla de un cinturón, las antenas de un transistor, dos aparatos de dientes y un puñado de monedas en las que todavía se leían las palabras "pfennig" y "marco alemán". Ni oro. Ni plata. Ni piedras preciosas. Buscar un tesoro podía ser tan poco productivo como tratar de cultivar plantas que se ríen.

—¿Sabéis una cosa? –dijo Magnus sin parar de resoplar y apoyándose en un brazo de la silla de ruedas–. No tengo ganas de seguir.

—A mí me pasa lo mismo –confirmó Lily, limpiándose con el brazo el sudor de la frente.

—Lo mejor será que preguntemos a mi padre si estos cacharros le interesan para algo o los podemos tirar –propuso Albert–. Luego podemos jugar en el ordenador. Dentro hace más fresco.

Sus dos amigos estuvieron de acuerdo. Así que llevaron la pala a la caseta de las herramientas y devolvieron el detector de metales a su caja en el sótano. Luego se encaminaron al laboratorio. En esa ocasión la puerta estaba abierta y habían desaparecido las mariposas. El profesor trasteaba con un destornillador en el interior de uno de sus aparatos. De vez en cuando la máquina chirriaba ligeramente.

—¡Ajá! ¿Así que este es vuestro tesoro? –dijo cuando los chicos le mostraron sus hallazgos.

—Bastante desastroso, ¿no? –opinó Albert.

—¿Qué esperabais? –replicó su padre–. Se trata de un viejo jardín, no de un yacimiento arqueológico. Está claro que ahí no vais a encontrar el tesoro de Troya.

—¿El tesoro de Troya? –De pronto Lily se había interesado mucho por sus palabras–. ¿Es un tesoro auténtico?

—A eso me refería –le respondió el padre de Albert–. Uno de los tesoros más famoso y valioso de todos los tiempos. Oro para dar y tomar. Os habría gustado –sonrió–. Pero llegáis un poco tarde. Ya hace más de cien años que lo encontraron y desenterraron. Y lo más curioso es que nadie sabe a ciencia cierta dónde se hallaba exactamente.

Los niños intercambiaron una rápida mirada. ¡Un tesoro auténtico! ¿Sería quizá el inicio de una nueva aventura? ¿Iban a poder desentrañar con ayuda de su túnel del tiempo el misterio de un tesoro? ¡Eso sería perfecto para sus intereses! Lily sintió que un hormigueo recorría todo su cuerpo. Y Magnus se mordió excitado el labio inferior. Tal vez pudieran, incluso, descubrir un nuevo tesoro.

Sin embargo, para ello, antes debían informarse sobre Troya y su tesoro. ¡Y en secreto! Porque el padre de Albert les dejaba hacer muchas cosas, siempre que no fueran muy peligrosas. Pero tenían la clara impresión de que precisamente catalogaría un viaje al pasado como de "muy peligroso". Y no andaría muy descaminado. Eso era lo que hacía tan emocionante la aventura.

—Bueno, pues nos vamos un ratito al ordenador –propuso Albert nervioso, depositando las cosas del jardín en una caja de plástico con la inscripción "cachivaches", que estaba sobre la mesa del taller. Quería meterse cuanto antes en Internet y hacer una búsqueda sobre Troya. Lily y Magnus asintieron con ahínco. También ellos sentían un cosquilleo… Iban a darse la vuelta para abandonar el laboratorio cuando el padre de Albert los llamó de nuevo.

—¡Esperad un momento! Magnus, tu camiseta ya está seca –dijo, dando dos pasos hacia un armario de metal que parecía un congelador. El profesor lo abrió y sacó una pieza doblada concienzudamente–. Han desaparecido todas las manchas –anunció con una sonrisa luminosa.

Magnus cogió la camiseta y la desdobló. De hecho, estaba blanca impoluta. Ni rastro de que unas horas antes estuviera embadurnada de jugo de cerezas y hierba. El lavado habría sido un éxito si la camiseta no tuviera…

—… el tamaño de un oso de peluche –susurró Lily–. De un oso de peluche pequeño.

Magnus no sabía qué decir. Miró el rostro feliz del padre de Albert, que estaba orgulloso de veras del poder de su producto, y murmuró finalmente un "gracias" apagado.

Y Albert le susurró:

—Puedes quedarte con la camiseta de Einstein. Dile a tu madre que las hemos intercambiado. Así no se enfadará mucho.

Magnus asintió en silencio. A veces le resultaba muy estresante tener que ser siempre el gafe del grupo.

Se fueron al sótano lo más deprisa que pudieron. Lily salió corriendo la primera. Saltó tres escalones de golpe y emprendió una carrera de vértigo por el pasillo. Albert la seguía tomando las curvas a toda velocidad. Su padre había instalado rampas en todas las escaleras y el chico las bajaba sin utilizar los frenos. A veces parecía que fuera a volcar, pero siempre encontraba la manera de recuperar el equilibrio en el último segundo y seguía corriendo sin parar. Magnus era el farolillo rojo. A pesar de que también era rápido, no podía mantener el ritmo de los otros. Además, su camino fue algo más largo porque en la planta baja no tomó la curva a tiempo y se pasó la escalera del sótano.

Entraron jadeando en el sótano, que era el cuartel general para sus viajes a través del tiempo. En el centro había una mesa grande sobre la que se amontonaban un atlas, una enciclopedia, un libro de historia de la biblioteca del padre de Albert, una caja de galletas y, por encima de todo, un ordenador portátil con conexión a Internet.

Sin embargo, los objetos más importantes con diferencia eran un viejo arcón de madera con tres cerraduras y un armario enorme. Los dos pertenecían al antiguo propietario de la villa. En el cofre, Albert había encontrado, junto a varios vestidos de época, un diario en el que aquel tipo estrafalario había descrito sus viajes al pasado y la localización del túnel secreto. Sin el diario, los chicos no lo habrían hallado jamás, porque su entrada estaba oculta tras el armario. Y el mueble era tan pesado que, incluso empujando los tres a la vez, no lograron moverlo ni un milímetro. Solo con la ayuda de un aparato transportador para elefantes enfermos, que había inventado el padre de Albert, consiguieron apartarlo a un lado muy lentamente.

—¡Vamos! ¡Enciéndelo! –le apremió Lily–. ¡Venga! ¡Date prisa!

La orden era innecesaria, pues Albert había oprimido ya el botón de arranque antes de que la silla llegara a detenerse. Mientras esperaban que se pusiera en marcha, Magnus cogió el atlas. Su dedo fue punteando los muchos nombres de países, ciudades y pequeñas poblaciones del índice.

—Trnava... Trofaich... Troisdorf... Trois-Rivières... Troizk... Troya. ¡Lo tengo! –gritó alegre–. Página 81, G5. –Y comenzó a pasar hojas hacia delante. *Sureste de Europa,* ponía en el margen superior.

—Está en el Mediterráneo –les informó Magnus–. En Turquía. En el estrecho de los Dardanelos, muy cerca ya del mar Negro.

—Genial –dijo Lily contenta–. Podremos ir a bañarnos.

El ordenador ya estaba operativo. Albert fue a un buscador y tecleó:

TESORO DE TROYA

No pasó ni un segundo y el ordenador desplegó...

—¡Miles de entradas! No debemos ser los primeros interesados –objetó Albert.

—No importa –le tranquilizó Magnus–. Somos los únicos que tenemos un túnel del tiempo. Los otros pueden leer y escribir todo lo que quieran...

—Pero nosotros viajaremos hasta allí –acabó la frase Lily.

—¡Aquí! Esta página es buena –anunció Albert, que había abierto unos cuantos enlaces–. El tesoro lo encontró un comerciante alemán que se llamaba

Heinrich Schliemann a finales del XIX. "El tesoro de Príamo" lo llamó.

—¿Príamo? –le interrumpió Magnus frunciendo el entrecejo–. No lo conozco. ¿Qué es?

—Nada de qué, sino quién –contestó Albert–. Príamo era el rey de Troya.

—¡Ajá! –Lily se sentó sobre la mesa–. Y nosotros buscamos su tesoro, entonces –balanceó las piernas–. Pero lo que no entiendo es que nadie sepa dónde estaba escondido el tesoro si ese tal Schliemann lo encontró ya hace tiempo. Quiero decir que tendría que haberse acordado de dónde estaba. ¿O es que lo descubrió siendo sonámbulo?

—¡Un momento! Aún no he llegado a eso… –dijo Albert abriendo otros links.

Magnus se colocó tras la silla y miró por encima de su hombro. Lily torció el cuerpo para poder ver la pantalla también.

—¡Alto! ¡Espera! –gritó Magnus–. Vuelve a la página anterior. Creo que había algo.

Albert le dio a la flecha de marcha atrás.

—Más abajo –ordenó Magnus–. Un poquito más… ¡Ahí! El título: *¿Dónde estaba el tesoro de Troya?* Si no lo dice ahí…

—No lo dice… –se lamentó Albert sacudiendo decepcionado la cabeza–. Solo que Schliemann no dio un lugar concreto. Por lo visto, habló de varios sitios, pero sin concretar ninguno.

Lily saltó al suelo de mal humor.

—Esto es cada vez más raro –refunfuñó–. No deberíamos dejarnos tomar el pelo con jueguecitos de este estilo. Si el tal Schliemann no quería confesar dónde había encontrado el tesoro, viajemos a la antigua Troya y veamos cómo el rey Príamo lo oculta. Nada más sencillo.

Magnus y Albert se quedaron pensativos un momento.

—Me parece una buena propuesta –dijo Magnus finalmente.

—Suena razonable –asintió Albert–. Pues veamos qué averiguamos del rey Príamo y de su ciudad. –Tecleó las palabras "Príamo" + "Troya" en el buscador y las envió con un clic de su dedo tras el rastro del rey por el ciberespacio.

Reyerta en la fiesta de los dioses

—De acuerdo, entonces escuchadme –dijo Albert apenas un minuto después–. El viaje a la antigua Troya no será ningún paseíto –añadió con expresión sombría–. Están en plena guerra. Los griegos contra los troyanos… ¡Más de 3.000 años atrás!

—¡Bufff! No hemos estado nunca en un pasado tan lejano –se asombró Lily, dejándose caer sobre una caja que estaba junto a la mesa.

—¿En guerra? –preguntó Magnus con temor–. Eso no suena demasiado bien. –Y le ofreció a Merlín una galleta, que el grajo picoteó contento.

—Tienes toda la razón –confirmó Albert–. Detrás se esconde una historia tremenda. La escribió un tipo llamado Homero y en ella se mezcla la fantasía con la realidad. Los problemas comenzaron con una boda a la que los mismos dioses griegos estaban invitados.

—¿Los dioses? –se sorprendió Lily–. ¿Fueron al banquete de bodas? ¿Estamos en el país de los cuentos, o qué?

—Ya te lo he dicho, es una extraña mezcla entre historia real y mitología –se defendió Albert–. Y las cosas se van a complicar más todavía. Una diosa no fue invitada…, la diosa de la discordia. Se sintió ofendida y armó una buena. Cuando la fiesta estaba en pleno apogeo, tiró en el centro una manzana con la inscripción *Para la más hermosa*. Al instante tres diosas, Hera, Atenea y Afrodita, se tiraron de los pelos por ser la más bella y tener derecho a recibir la manzana.

—¡Una reyerta! –Lily estiró los brazos con los pulgares hacia arriba–. ¡Una reyerta en la fiesta de los dioses!

—¿Por una manzana? –Magnus sacudió la cabeza con incredulidad–. Menudos dioses estaban hechos…

—Lo cierto era que se trataba de una manzana de oro –argumentó Albert, pero él mismo tuvo que sonreír al imaginarse a los dioses griegos peleando por una menudencia como esa–. Como Zeus, el dios supremo, no quiso inmiscuirse; fue Paris, el hijo del rey Príamo, quien debió decidir qué diosa era la más bella –continuó narrando.

—Bufff —murmuró Magnus—. No hay nada peor que entrometerse en una pelea así.

—Exacto —le dio Albert la razón—. Y, por supuesto, las diosas trataron de sobornarle. El ofrecimiento que más le gustó fue el de Afrodita, la diosa del amor: le prometió que si ganaba ella, le concedería la mujer más hermosa de la Tierra. Así que eligió a Afrodita y las dos perdedoras…

—… le hicieron la vida imposible —dedujo Lily.

—Pero no te imaginas cómo —le confirmó Albert—. Y, encima, Paris tuvo otro problema: la mujer más hermosa de la Tierra era Helena, y ya estaba casada con el rey Menelao.

—Vaya, peor me lo pones —dijo Magnus, meneando la mano como si se hubiera quemado.

—Tal como os lo cuento. Pero con la ayuda de Afrodita, a pesar de la boda, Helena se enamoró de Paris y los dos huyeron a Troya. —Albert indicó el lugar en el atlas abierto—. El rey Menelao no podía permitirlo. Pidió colaboración a los demás reyes de Grecia y juntos formaron un ejército con la intención de atacar Troya. Con un montón de barcos…

—¡Un momento! —Magnus interrumpió a Albert en mitad de la frase—. ¿Lo he entendido bien? ¿Comenzaron una guerra porque se pelearon por una mujer?

—Eso es lo que dice aquí.

—¡Pero eso es de locos! —exclamó Magnus poniéndose un dedo en la sien.

—Espera, que ahora viene lo bueno —le contó Albert—. Cuando iban a comenzar a navegar no había ni una brizna de viento. La diosa de la caza se vengaba así de la ofensa del rey Agamenón y solo terminaría con la calma chicha si el rey sacrificaba a su hija Ifigenia.

—¿Qué? ¿Es que no tenían sangre en las venas? —preguntó Magnus airado—. ¿El tipejo ese iba a matar a su propia hija para lograr el viento que le permitiera navegar? —Se irguió y golpeó con el puño la superficie de la mesa. Normalmente tenía más paciencia, pero tanta injusticia le había sacado de sus casillas.

Lily tampoco podía creerlo.

—Esta va a ser una aventura de las buenas —terció—. Guerra, dioses malhumorados, sacrificios humanos...

—Pues tendremos que andarnos con mucho cuidado —dijo Magnus en voz baja.

—Y si se nos complican las cosas, puedes enviarnos a Merlín con una nota que nos indique la manera de salvarnos.

Merlín actuaría de mensajero volador entre Albert, que se quedaría en el sótano del presente, y Magnus y Lily, que viajarían en el tiempo hasta el pasado. A Albert le hubiera encantado viajar con ellos y vivir aquellas aventuras tan emocionantes, pero la entrada al túnel era tan estrecha que no cabía con su silla de ruedas. Por eso se quedaría en el presente y buscaría información en Internet que pudiera ser de utilidad para sus amigos. Si encontrara algo importante, lo escribiría en un papel, lo ataría a la pata de Merlín y el pájaro volaría por el túnel hasta donde se hallaran los niños en el pasado.

Pero todavía no era el momento. Primero Lily y Albert debían tener las ropas adecuadas. No sería una buena idea pasearse entre los griegos vistiendo pantalones cortos y camisetas. Lo mejor era pasar lo más inadvertidos posibles.

Hacerse con la ropa era asunto de Lily. Su madre trabajaba como costurera de teatro y sabía con absoluta precisión las vestimentas que habían llevado las personas en cada época concreta. Sin embargo, existía un problemilla…

—¿Quieres que os preste túnicas griegas a ti y a Magnus? –preguntó su madre arqueando las cejas–. ¿Crees que me he olvidado de lo que hiciste la última vez con el traje que te dejé?

Lily tragó saliva. Claro que sabía que su madre no iba a olvidarse de aquello. Tan solo lo esperaba. Cómo le iba a explicar que no había rasgado el hermoso vestido por pasar el rato. No le había quedado más remedio. Estaba con Magnus y Leonardo da Vinci al borde de un precipicio y a su espalda atacaban los soldados enemigos. La única oportunidad que les quedaba era construir tres aparatos voladores y salir volando de allí lo antes posible. Pero no tenían bastante tela para hacer las alas. Por eso Lily había sacrificado su vestido para salvarse los tres en el último segundo. Pero era evidente que eso no se lo podía contar a su madre.

En lugar de ello, puso cara de circunstancias y dijo con voz lastimosa:

—Sé que fue una tontería por mi parte. Y no volveré a hacer nada igual. ¡Palabra de honor de un vaquero de palabra! Pero Albert y Magnus confían en mí —añadió—. Necesitamos esos vestidos para el juego que tenemos entre manos. Sin ellos no podremos hacerlo.

La madre de Lily se quedó callada y reflexionó. Era una persona menuda, fina, y muy lista. Por un lado, no quería fastidiar el juego de los niños. Desde luego, no sabía nada de los viajes en el tiempo. Más bien se imaginaba que los tres querrían escenificar alguna obra de teatro. Y para la madre de Lily el teatro era lo más hermoso del mundo. No quería de ninguna de las maneras apagar el entusiasmo de su hija por una pequeña riña a causa de un vestido roto. Por otro, Lily tenía que aprender que aquellos vestidos llevaban un gran trabajo detrás.

—Bien —cedió finalmente—. Tendrás las túnicas griegas.

—¡Oh, mamá! —Lily abrazó a su madre con la cara radiante de felicidad.

—¡Un momento, señorita! No te alegres tan pronto —le advirtió su madre—. Porque esta vez no coseré yo los trajes, sino tú. Yo te explicaré cómo se hace y te ayudaré en lo más difícil. Así probablemente pongas más cuidado.

A Lily la sonrisa se le heló en el rostro. ¿No lo estaría diciendo en serio? ¿Tenía que coserlos ella? Si odiaba las manualidades más aún que los deberes de matemáticas…

—Pero, mamá… –rogó con voz ronca.

—¡Lo haremos como yo he dicho, o de ninguna manera! –interrumpió su madre con sequedad–. Ya va siendo hora de que aprendas a coser un poco. Además, los vestidos de los antiguos griegos eran muy sencillos. La gente normal no llevaba más que una especie de camiseta larga que les llegaba hasta las rodillas o los tobillos. Y un cinturón de cuero. Los harás en una tarde.

—¿Y los zapatos? –preguntó Lily con timidez.

—Eran un lujo –respondió su madre–. Lo habitual era ir descalzo.

—De… de acuerdo –suspiró Lily con el corazón encogido. ¿Qué otra posibilidad le quedaba? Sin los vestidos, todos sus planes se vendrían abajo. Y no quería perderse por nada del mundo la búsqueda del tesoro más famoso de todos los tiempos. Así que siguió a su madre con la cabeza gacha hasta el cuarto de costura. Estaba convencida de que allí le aguardaba la peor tarde de aquella aventura.

Comparado con las dificultades de Lily, Magnus lo tuvo muy fácil en su casa. Se limitó a decir que iba a pasar todo el fin de semana en la villa de Albert. Los niños lo hacían a menudo y, por eso, sus padres no tuvieron nada que objetar.

Magnus pensó que dos o tres días serían más que suficientes para la excursión por la antigua Troya, porque sorprendentemente el tiempo corría más deprisa en el pasado que en el presente. Lo habían comprobado en su viaje anterior. Un segundo del presente equivalía a un día entero del pasado. Así que un fin de semana del presente se correspondía prácticamente con siete semanas del pasado. Y no tenían intención de quedarse tanto tiempo allí.

El día de su marcha Albert y Magnus estaban en el sótano comprobando el equipaje. Miraban una lista sobre la que Albert hacía un signo de visto bueno cada vez que se aseguraban de tener el material correspondiente.

- Hojas para tomar notas ✓
- Lápiz ✓
- Cordel ✓
- Linterna ✓
- Navaja
- Traductor universal
- Ropa adecuada para la antigua Troya

—Bueno…, las cosas para intercambiar información por medio de Merlín las tenemos –dijo el chico–. Y también la linterna para que no os deis en la
cabeza en el túnel oscuro. ¿Qué pasa con tu navaja
suiza?

—¡Aquí la tengo! –exclamó Magnus mostrándola.
Se sentía muy orgulloso de ella. Tenía dos cuchillas,
un abrelatas y un abrebotellas, un destornillador y
algunas herramientas más. Por descontado, en el pasado era preciso mantenerla oculta porque todavía
no se había inventado nada parecido. Pero a Lily y a
él les había sacado de un gran apuro cuando constru-
yeron con Leonardo da Vinci las máquinas voladoras.

Albert señaló la navaja en la lista. Luego le entregó a Magnus una cajita que estaba sobre la mesa. El
chico la abrió y descubrió un traductor universal.
Con aquel invento del padre de Albert, en Troya no
tendrían ningún problema para hacerse entender.

Magnus se metió el aparatito –del tamaño de un guisante– en la oreja izquierda.

—Ahora solo falta que venga Lily con los vestidos y podremos marcharnos –dijo.

En ese instante se oyeron pasos fuertes aproximarse a la puerta del sótano. Albert y Magnus se miraron entre ellos. ¿Quién podría ser? ¿El profesor? No, no daba esas patadas. ¿El padre de Magnus? El chico sacudió la cabeza. Su padre era algo rechoncho, pero precisamente por eso no caminaba tan deprisa. Ambos niños se encogieron de hombros, se abrió la puerta con impulso y ante ellos apareció…

—¡Lily!

Albert y Magnus la miraron sorprendidos. El sombrero vaquero no ocultaba que estaba roja como un tomate. Clavó sus ojos en ellos con enfado. Sus manos agarraban un paquete envuelto en papel de seda. Dio dos pasos para llegar a la mesa y lo soltó sobre su superficie.

—¡Pues aquí está la ropa! –bufó de mal humor. Se giró de golpe hacia Magnus y le señaló con el dedo en actitud amenazadora–. ¡Y mucho cuidadito con estropearla!

—Eh…, claro…, pondré todo mi empeño –tartamudeó el chico, asustado.

—¿Va… mmm… va todo bien? –preguntó Albert vacilante.

Lily resopló por la nariz y sus fosas nasales temblaron como si fuera a echar fuego de un momento a otro.

—He tenido que hacer los vestidos yo misma —musitó entre dientes—. Y os garantizo que no hay un aparato peor que una máquina de coser.

—¿Los has *cosido* tú? —se le escapó a Magnus entre risas. Al momento dominó su falta de control, pues Lily levantó los puños a tan pocos centímetros de él que tuvo que echarse hacia atrás para que no le diera en la nariz.

—Sí, los he cosido. Y al primero que se ría o me llame "buena chica", lo rompo en mil pedazos y lo reparto por toda la historia de la humanidad.

Dejó que un pálido Magnus volviera a su posición normal, abrió el paquete con movimientos bruscos, sacó su vestido y dijo:

—Voy a cambiarme. Los antiguos griegos van a saber lo que es bueno.

Al salir dio tal portazo que resonó en todo el sótano.

—Me temo que las manualidades le ponen de los nervios —comentó Albert una vez que se hubo apagado el eco del golpe.

Magnus se limitó a asentir en silencio. Guerreros griegos, por un lado, y una Lily de lo más enojada, por otro… Seguro que a aquel viaje a través del tiempo no le faltarían momentos de verdadero peligro.

Por suerte, el enfado de Lily había desaparecido cuando regresó al sótano poco después. Se metió un traductor universal en la oreja y preguntó:

—¿A qué año viajamos? ¿Hasta cuánto tenemos que contar?

Saber contar con precisión era extraordinariamente importante en el túnel del tiempo. En cuanto empezaba el viaje, a cada segundo que pasaba la parte trasera del túnel se conectaba con un año menos del pasado. Para ir cien años atrás era necesario esperar cien segundos, es decir, un minuto y cuarenta segundos. Para regresar quinientos años atrás eran casi diez minutos. Si transcurría poco tiempo o demasiado, se fallaba la época, como si uno se bajase en la parada del autobús equivocada.

Por eso, Magnus y Lily se sorprendieron cuando Albert contestó:

—Creo que esta vez no será necesario que contemos. Tenéis que ir al año 1180 antes del nacimiento de Cristo. Son 3.190 años atrás. El túnel necesita 53 minutos y 7 segundos hasta que su salida alcance esa fecha. Es imposible que lleguéis a tanto sin descontaros.

—¿Y entonces cómo sabremos cuándo consigue conectar el túnel el presente con la época de Troya? –quiso saber Lily.

—Llevaos esto –dijo Albert rebuscando en el bolsillo de su silla. Sacó un cronómetro y se lo entregó a Lily–. Con él podréis medir el tiempo con toda exactitud. Ya lo he puesto en 53 minutos y 7 segundos exactos. Solo tenéis que darle al botón cuando salgáis y esperar a que el reloj se ponga a 0 minutos y 0 segundos.

Lily miró el botón rojo de arranque y parada. Albert había pensado en todo otra vez. Qué pena que no pudiera ir con ellos. Sería de gran utilidad en el pasado. Sin embargo, también era importante tener a alguien en el presente que, en caso de peligro, pudiera enviarles a Merlín con información y soluciones.

—Ay, sí, Merlín… ¿Dónde anda? –dijo Lily girándose para buscarlo.

—Encima del armario –respondió Magnus. Había cogido el transportador de elefantes y estaba corriendo el mueble tras el que se ocultaba la entrada del túnel secreto.

Y allí lo tenían, abierto ante ellos: el túnel que llevaba al pasado.

Desde el sótano solo se veía una abertura en la pared. Esa parte siempre permanecía en el presente. La salida del otro lado del túnel conectaba con el pasado. Como si fuera una goma elástica que estuviera

fuertemente atada a la pata de una silla y, por el otro lado, a veces se extendiera hacia una mesa, a veces hacia una ventana o hacia donde fuera. Igual que una hormiga podía utilizar el elástico para pasar de la silla a la mesa, era posible emplear el túnel para pasar del presente al pasado y viceversa.

Lily y Magnus respiraron hondo. Merlín se dio cuenta de que la cosa iba en serio y aleteó hasta el hombro de Magnus.

—¡Buena suerte! –deseó Albert a sus amigos.

Luego, los dos niños y el pájaro se metieron en el agujero de la pared.

Recorrieron unos metros de suelo abrupto, entre las toscas paredes de roca, hacia la oscuridad. Lily encendió la linterna. De vez en cuando palpaba la piedra. Al roce de sus dedos brillaba en tonos azulados. El túnel

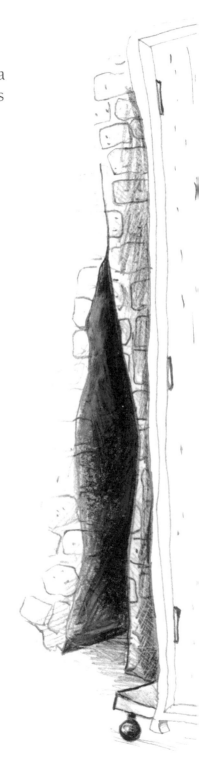

era, sin lugar a dudas, una formación natural, pero también un verdadero fenómeno de la naturaleza. Y habría provocado el mismo asombro aunque a través de él no se hubiera podido viajar en el tiempo.

Llegaron a un recodo. Tras él la cueva se hizo más ancha y confortable. Pudieron caminar uno al lado del otro. Lily iluminó la pared lateral. A la luz de la linterna aparecieron unas finas líneas doradas. Era un mapamundi con todos los continentes.

—Aquí está el mar Mediterráneo –susurró Magnus recorriendo la pared con el dedo y provocando que la roca se llenara de puntos luminosos de color azul–. Ahí tiene que estar Troya.

Lily asintió con la cabeza. Le pasó la linterna a Magnus y agarró con la mano un brillante cristal azul que estaba metido en un agujero de la pared, al lado del mapa. Ese cristal era el interruptor del túnel. Con él comenzaban y terminaban los viajes al pasado. Si

permanecía en su agujero de la roca, todo el túnel de delante a atrás seguía en el presente. Pero si alguien lo sacaba de allí y rozaba con su punta la superficie del mapa, el túnel se extendía hacia atrás en el tiempo y, también, al lugar que indicaba la gema.

Lily sujetaba el cronómetro con la mano izquierda y el cristal con la derecha. Tenía que poner el reloj en marcha y colocar al mismo tiempo el cristal con la punta sobre Troya. Y cuando hubiera pasado el tiempo correspondiente, levantar el cristal de la pared. Parecía muy sencillo. Siempre que pudiera estar con el brazo en alto durante casi una hora. Y no se le pasara el momento en que el cronómetro marcara 00:00.

—¡Lo conseguirás! –dijo Magnus convencido, pues había percibido los titubeos de Lily.

Ella tragó saliva. Susurró:

—Pues, ¡adelante! –y apretó el cristal contra el mapa.

A la entrada del túnel, Albert oyó un fuerte zumbido y vio un ligero fulgor azulado tras el recodo. Duró exactamente 53 minutos y 7 segundos... Luego, se hizo un silencio fantasmal.

—¡Hecho! –murmuró el chico.

Movió la silla hacia atrás, fue a la mesa y esperó a Merlín, que le traería las primeras noticias y preguntas. Directamente desde la guerra de Troya.

Ovejas en guerra

—Como tardemos tanto, la próxima vez me traigo un taburete –gruñó Magnus–. Estar una hora de pie agota a cualquiera.

—¿Qué quieres que te diga? –le respondió Lily con una mueca de dolor–. Ya no me siento el brazo.

Se había pasado todo el rato apretando el cristal azul contra el mapa…, casi un récord deportivo, porque Troya se hallaba prácticamente a la altura de sus ojos. Entonces movió el brazo hacia delante y hacia atrás. Un hormigueo en las puntas de los dedos le indicó que la circulación volvía a la normalidad.

—Será mejor que dejemos aquí el cronómetro –propuso Magnus–. Y la linterna también la dejaremos a la entrada. Para que estos cacharros modernos no nos descubran.

—¡Pero el cristal azul nos lo llevamos! –dijo Lily muy segura–. Si no, puede que lo encuentre alguien por casualidad y lo ponga en su hueco. El túnel se cerraría y nosotros nos quedaríamos en el pasado por los siglos de los siglos. ¡No, gracias! –Y se metió el cristal en el bolsillo secreto que se había hecho a propósito en el vestido. También la túnica de Magnus tenía un bolsillo secreto en donde el chico llevaba la navaja suiza.

—¿Preparado para vérnoslas con dioses picajosos, griegos agresivos, guerreros troyanos y un tesoro de oro valiosísimo? –preguntó Lily. Su voz sonó como si ella misma tratara de contagiarse un valor que no tenía.

—¡Preparado! –asintió Magnus y, sobre su hombro, Merlín pegó un graznido apagado.

De la emoción, el chico cerró los puños con tanto ímpetu que las uñas se clavaron en sus palmas. ¡Ahora era necesario mantener la cabeza despejada! Sobre todo, cuando las cosas se pusieran peligrosas.

Con expresión decidida caminaron hacia la luz que se vislumbraba al final del túnel. Al lugar donde se desarrollaba la guerra de Troya.

Cuando alcanzaron la salida, se hallaban por suerte en una pausa de la batalla. Pero un arbusto les cortaba el camino. Los niños tuvieron que trepar por las rocas y pasar entre las ramas, que arañaron su piel.

—Esto empieza bien –murmuró Magnus con los brazos y la cara cubiertos de arañazos.

Lily tampoco había salido mejor parada. Pero se sentía aliviada. Por lo menos no los aguardaba ningún comité de recepción formado por soldados malcarados.

—Lo bueno que tiene es que la entrada al túnel no se ve desde fuera –dijo–. Pero tenemos que abrir un paso para Merlín. Para que pueda volar fácilmente hasta Albert.

—No hay problema –la tranquilizó Magnus. Sacó la navaja y, utilizando la cuchilla grande y la sierra, se puso a cortar algunas ramas a la altura de sus rodillas. Merlín lo miraba con atención.

Mientras, Lily examinó los alrededores. Un viento fuerte la despeinó por completo. Se apartó el pelo de la cara para poder ver algo. El aire olía a sal. Y una enorme claridad se adueñaba del paisaje. Los niños se hallaban en medio de una colina que estaba escasamente cubierta de hierba. De vez en cuando había alguna mata, pero en general todo era muy rocoso. La llanura de alrededor era algo más verde, eso sí. Tenía incluso algunos árboles aislados. A Lily le pareció ver un río en la distancia y el mar en el horizonte. En lo alto de la colina había una cabaña de aspecto humilde.

Magnus ya había terminado su trabajo y se acercó hacia ella.

—¿Qué es ese reflejo que se ve allí abajo? –preguntó.

—¿Reflejo? ¿Dónde? –Hasta entonces Lily no había divisado nada. Miró en la misma dirección que Magnus. Y lo vio también: una especie de relampagueo rojizo dorado. Aparecía y desaparecía. Y avanzaba despacio por la colina. Algo más abajo había otro. Y un tercero.

—Oye, creo que son soldados –susurró Magnus–. El relampagueo… son sus cascos y sus escudos. Y vienen directamente hacia aquí.

Lily se mordió el labio inferior. Maldita sea, tenía razón. Los hombres estaban ahora tan cerca que podía distinguírseles perfectamente. Y lo que era mucho peor: los soldados también los habían descubierto a ellos. El que iba al frente se había detenido y los contemplaba desde la distancia. Luego, les gritó algo.

—¡Eh, vosotros! ¿Quiénes sois? ¿Qué hacéis ahí? —tradujo el traductor universal de sus orejas.

—Voto por que salgamos corriendo mientras tengamos ventaja suficiente –dijo Magnus en tono bajo. Su voz temblaba ligeramente. Pensó con horror en su viaje al Salvaje Oeste. Allí, nada más llegar, el sheriff los había hecho prisioneros.

—Estoy absolutamente de acuerdo contigo. –Tampoco Lily tenía demasiadas ganas de conversar con unos soldados extranjeros que se hallaban en guerra. Lo más previsible era que la cosa terminara mal. Al fin y al cabo, tampoco tenían ni idea de qué era lo que aquellos hombres querían de ellos.

—Bordearemos la colina –propuso–. Tal vez encontremos un escondite o algo parecido. Y en última instancia podemos dar la vuelta completa y meternos en el túnel secreto de nuevo. —Ni se le pasaba por la imaginación volver al pasado nada más llegar. Pero en todo caso era mejor que ir a parar a un campo de prisioneros.

—¡Quedaos donde estáis! –ordenó el jefe en voz alta y malhumorada. Hizo una seña a sus hombres y los tres se separaron. Fueron con rapidez hacia ellos por caminos diferentes.

—¡Adelante! –bramó Lily, y los dos niños salieron corriendo hacia un lado lo más deprisa que pudieron.

Por el rabillo del ojo vieron que los soldados también habían adoptado un trote ligero. "¡Desaparezcamos cuanto antes!", pensaron Lily y Magnus.

El lugar distaba mucho de ser una pista de carreras ideal. Los niños se vieron obligados a saltar grietas profundas y a dar rodeos alrededor de grandes peñas. Pero lo peor de todo eran las piedrecillas puntiagudas que estaban por todas partes. Los atuendos de Lily y Magnus no incluían zapatos y los guijarros se les clavaban en las plantas de los pies. Apretaban los dientes con fuerza y seguían. ¡No podían darse por vencidos! ¡No debían detenerse!

Tras ellos atronaban los gritos de los soldados. Eran guerreros adiestrados que, a pesar de llevar armas pesadas, se estaban aproximando. Lily se atrevió a girar la cabeza con rapidez. Vio el rostro enojado del jefe, que había desenvainado la espada y segaba con ella todos los arbustos que se le interponían en el camino. Tenían todavía una ventaja de unos cuatrocientos metros. Si no daban pronto con un escondite, las cosas se les iban a poner feas. No lograrían dar la vuelta completa a la colina. Siguieron corriendo desesperados. Ante ellos apareció una hendidura profunda. Sin bajar el ritmo, la salvaron de un salto gigantesco. Magnus se quedó perplejo. En el colegio jamás habría dado un salto semejante.

Así que eso era lo que significaba la expresión "el miedo da alas". "Ojalá pudiéramos volar", pensó mientras sus piernas seguían adelante, superando obstáculos. Como Merlín, que volaba sobre ellos observando la tragedia desde el aire.

Treparon por una alta formación rocosa. Eso les hizo permanecer un instante ocultos a los ojos de los soldados.

Unas fuertes punzadas en los costados les hicieron comprender que no iban a aguantar mucho más. Daba lo mismo. ¡Había que seguir adelante!

—¡Por aquí! –les chistó alguien colina arriba.

Levantaron la cabeza sin detenerse. Había un rebaño de ovejas y, en medio, un chico de su edad que les hacía señas sin parar. ¿Podían confiar en él? No le conocían de nada. Tal vez los entregara a los soldados que, con toda seguridad, estaban a punto de superar la formación. Pero, por otro lado, ¿qué tenían que perder? Decididos, corrieron hacia él con las pocas fuerzas que les quedaban.

—¡Poneos de rodillas! –les ordenó–. Escondeos entre las ovejas. Yo me ocupo de lo demás.

Lily y Magnus se tiraron agotados al suelo. Que los delatara si ese era su plan. En cualquier caso, ya era demasiado tarde. Magnus trató de jadear lo más bajo posible mientras se apretaba contra el suelo. A su lado, una oveja mordía una hierba tras otra con toda tranquilidad.

Entre las patas de otras dos ovejas, Lily observó cómo los soldados trepaban por la formación rocosa y se miraban entre ellos. El que iba a la cabeza

descubrió enseguida el rebaño. Se aproximó tres pasos y se detuvo.

—¡Eh, Costa! –gritó–. Buscamos a dos niños. ¿Has visto dónde se han metido?

—Hola, Filipos –respondió el pastor–. Claro que los he visto. ¿Te crees que no tengo ojos en la cara?

"¡Traidor!", pensó Lily enfadada. "Nos va a entregar".

—Bueno, ¿y dónde están? –le urgió el soldado.

—Han ido colina abajo. –El chico señaló la llanura–. Hacia ese montón de matojos. Han debido de pensar que allí podrían esconderse.

Pues no era ningún traidor, se alegró Lily respirando hondo.

—Maldita sea –se encorajinó el jefe–. Como sean rápidos, ya podemos estar buscándolos por los siglos de los siglos–. ¡Vamos, soldados!

Los hombres se pusieron en marcha entre el tintineo de sus espadas.

—Seguid ahí abajo –ordenó el zagal en voz baja, pero firme, al ver que Lily iba a levantar la cabeza–.

Podrían veros si se dieran la
vuelta.

Lily y Magnus tuvieron que permanecer unos largos minutos más
a gachas entre las ovejas. De vez en
cuando se arrastraban unos pasos
cuando el rebaño se desplazaba de una
zona de hierba a otra. Olía mucho a oveja y en dos ocasiones los animales golpearon a Magnus en la cabeza porque
el niño les tapaba el paso hacia un arbusto especialmente apetecible.

—Bueno, los soldados ya están
lo suficientemente lejos como para
que no pueda veros –avisó el pastor por fin–. Podéis levantaros.

Lily y Magnus se pusieron de
pie al momento. Tenían los huesos entumecidos. Estiraron las ar-
ticulaciones.

—Yo soy Costa —dijo el chico con curiosidad—. ¿Quiénes sois vosotros?

Tenía el pelo negro y muy sucio. Vestía una túnica parecida a las de Lily y Magnus, pero la suya estaba cubierta de porquería y rota por muchos sitios. Llevaba un palo en la mano con el que mantenía en el rebaño a las ovejas que trataban de escapar.

—Nuestros nombres son Lilith y Magnus —respondió este.

Lily le echó una mirada de sorpresa. Era cierto que su nombre auténtico era Lilith. Pero así la llamaban solo algunos adultos. Ella prefería Lily.

—¿Sabes lo que los soldados pretendían de nosotros? —preguntó Magnus—. No les hemos hecho nada.

—Tampoco hacía falta. —Costa arrancó una brizna de hierba y se metió la punta en la boca—. Querían capturaros y venderos como esclavos. Me apuesto lo que sea —les informó mascando.

Lily y Magnus se miraron horrorizados. ¿Como esclavos? Entonces, habían hecho bien en salir huyendo.

—¿Y por qué… por qué a ti no te hacen nada? —preguntó Magnus con prudencia.

Costa se rió brevemente.

—No creáis que soy libre —contestó—. Mis padres y yo tenemos que trabajar como pastores para ellos. Eso nos protege de que nos arresten. Y, además, conozco a varios de sus jefes. Por eso no hay soldado griego que se atreva a tocarme. Pero ahora soy yo el que tiene una pregunta –dijo–. No os había visto nunca. ¿Qué hacéis por aquí?

Lily se quedó sin respiración. Tendrían que haber contado con aquella pregunta. Por suerte, Magnus ya se había inventado una respuesta.

—Somos del norte –replicó–. Venimos de muy lejos. Nuestros padres son mercaderes y viajan a menudo. Esta vez nos han dejado aquí para que vayamos a casa de nuestros parientes en Troya, nos recogerán cuando vengan de regreso.

Lily asintió en silencio. Seguía asombrándose de las historias tan estupendas que se inventaba Magnus sobre la marcha. A ella no se le habría ocurrido en la vida una explicación tan verosímil. Unos hermanos de visita a unos familiares sonaba de lo más convincente. Nadie sabría que eran únicamente amigos. Que unos hermanos viajaran juntos resultaba mucho menos sorprendente. El mismo Costa pareció conforme con la respuesta. Se les acercó y les puso la mano sobre el hombro a modo de saludo.

—Ya me había imaginado algo parecido –dijo sonriendo–. Vuestra ropa tiene tan buena pinta y está tan limpia que parece nueva. Solo pueden permitírsela los comerciantes. Y tú tienes el pelo tan claro, no he visto cosa igual por los alrededores –acarició el cabello rubio de Lily–. Era evidente que veníais de lejos.

Lily sonrió perpleja. "Como me pellizque la mejilla, le doy una buena", pensó. "Aunque nos haya salvado de los soldados".

—¿Podrías decirnos cómo llegar a Troya? –le preguntó Magnus–. Si es posible sin que nos pillen los soldados.

—Por supuesto, no es difícil de encontrar –aceptó el zagal con un gesto de la cabeza–. Desde el otro lado de la colina hay una vista estupenda de la ciudad. Sin embargo… –apretó los labios y arrugó la frente– no es tan sencillo llegar hasta allí. Se halla en guerra, como ya debéis de saber. Desde hace muchos años. Y Troya está muy bien custodiada. ¡Ni un ratón podría penetrar en ella!

Magnus y Lily se pusieron serios. ¿Cómo iban a descubrir el escondite del tesoro si ni siquiera podían acceder a la ciudad?

—Pero a un pastor como yo se le da mejor que a un ratón –se jactó Costa–. Si queréis, os podéis quedar conmigo y con mi familia hasta que encontremos una oportunidad de que os introduzca en la ciudad. Vivimos en la cabaña que está arriba, en la colina. –Le guiñó un ojo a Magnus–. Y tu hermana Lily me gusta. Es muy modosa, como corresponde a una chica.

Al oír esas palabras, Lily estuvo a punto de atragantarse y se vio obligada a toser con fuerza. Hasta aquel momento nadie la había calificado de modosa. ¿Qué pretendía aquel insensato?

—Si queréis, podemos subir ahora mismo. Pero tenemos que llevarnos el rebaño.

Costa le dio un empujón a un corderito con el palo y el animal se puso en movimiento. Los niños le siguieron. Magnus vio de reojo que Lily estaba roja de ira. Pero como experimentada viajera del tiempo que era la chica, sabía que no podía enfadarse con tanta facilidad. Así que se tragó su mal humor y permaneció en silencio. Justo como le gustaban las mujeres a Costa.

Se ha perdido un rey

Algo después, el rebaño y los tres niños alcanzaron la cima de la colina y pudieron observar lo que se hallaba detrás: ¡Troya!

—¡Supergenial! –gritaron Lily y Magnus al mismo tiempo.

A pocos kilómetros de distancia se extendía una auténtica ciudad con una robusta fortificación. Un foso profundo y una gruesa muralla rodeaban las casas de piedra y adobe. La muralla contaba con cinco puertas grandes, pero estaban cerradas a causa de la guerra. Varias torres vigía garantizaban que nadie

pudiera acercarse sin ser visto. Sobre una loma al norte de la ciudad se erigía la hermosa fortaleza. Sus muros de contención eran todavía más altos, más gruesos y más impresionantes. Su margen superior estaba coronado por unas almenas puntiagudas, que parecían los dientes de una sierra. Ningún enemigo tendría la presunción de tratar de superar ese obstáculo sin ser descubierto.

—¿Qué hay en la fortaleza? –preguntó Magnus, porque incluso desde la situación privilegiada de los niños tampoco se divisaba el interior.

—Principalmente, el templo de la diosa Atenea y el palacio del rey Príamo –respondió Costa–. La gente de la ciudad dice que tiene sesenta habitaciones.

Lily y Magnus intercambiaron una significativa mirada. No era descabellado pensar que en un palacio pudiera ocultarse un tesoro. Así que habían ido a parar al lugar adecuado. Siempre que Costa los ayudara a entrar en él.

—¡Costa! –gritó una mujer que había salido de la cabaña. Llevaba una olla de barro cuyo contenido vertió en el suelo al lado de la puerta. Miró a los dos viajeros con curiosidad.

—Mi madre –les desveló el chico con rapidez–. Mamá, estos son unos amigos míos. Vienen del norte y quieren visitar a unos parientes en Troya. ¿Pueden quedarse con nosotros hasta que los acompañe a la ciudad?

La madre de Costa les echó un vistazo, y por los elegantes vestidos de ambos decidió, como su hijo, que procedían de una familia acomodada.

—Por supuesto que podéis quedaros, todo el tiempo que deseéis. Solo espero que no os parezca incómodo. Desgraciadamente no podemos ofreceros el mismo lujo que en una vivienda de la ciudad. –Sonrió insegura y con la mano libre invitó a los niños a entrar.

Había una única dependencia. De la pared izquierda colgaban unos cuantos pucheros, estaba claro que esa era la zona de la cocina. En la parte de la derecha vieron paja esparcida por el suelo, tenía que tratarse del rincón del dormitorio. Y en el centro había una mesa sin sillas: el "cuarto de estar". Lily y Magnus sintieron remordimientos al pensar que en su casa tenían una habitación para cada miembro de la familia. Y armarios rebosantes de juguetes, libros, vaqueros, camisetas, jerséis y calcetines. Por no hablar de una cama confortable.

—Qué bien que vengas tan pronto, Costa –dijo su madre con expresión seria–. Tienes que marcharte enseguida. Los griegos están buscando a Ulises otra vez.

—Oh, no, otra vez no –gimió Costa–. ¿Por qué no lo atan en el campamento como si se tratara de un cordero terco?

—Porque es un rey y no se ata a los reyes –respondió su madre–. Cuanto antes lo encuentres, antes acabarás. Tal vez tus amigos tengan ganas de acompañarte.

—Claro que sí –dijo Magnus de inmediato. No le seducía mucho la idea de quedarse en la estrecha cabaña más tiempo del estrictamente imprescindible.

—Vamos contigo –confirmó Lily, lo que provocó que Costa frunciera el entrecejo con desconfianza.

—Que tu hermana no hable demasiado –murmuró en el oído de Magnus cuando se pusieron en camino–. No es propio de una chica.

—De ella sí –susurró Magnus, contento de que Lily no hubiera oído el comentario.

Los niños bajaron la colina a paso ligero.

—¿Quién es ese Ulises? –quiso saber Magnus, jadeando a causa del esfuerzo–. ¿Y por qué le buscan los griegos?

—Es uno de sus reyes y cabecillas –contó Costa en tono relajado. Correr no suponía ningún esfuerzo para él–. Ulises es muy inteligente. Pero no tiene ningún sentido de la orientación. Se pierde hasta en su propia tienda. ¡Lo digo en serio! Y siempre soy yo quien lo tiene que buscar. Al ser pastor, soy el que mejor conozco los alrededores. Seguro que los soldados que os perseguían tenían el cometido de llevarlo de vuelta. Y esta vez tampoco han podido dar con él.

—¿Y dónde empezaremos con la búsqueda? –preguntó Lily.

Costa se detuvo de golpe. Con el brazo señaló al oeste, pero se quedó mirando a Lily con expresión acusadora.

—¡Tanta palabrería no es propia de una chica! –objetó con firmeza.

Aquello ya fue demasiado para Lily. Apretó los puños y le echó una mala mirada.

—No sé para qué demonios valen las chicas en tu patria –gritó–. Pero en la nuestra, nadie se atreve a callarnos la boca. Las chicas no somos peores que los chicos. No hay nada que no podamos hacer por lo menos igual que vosotros. ¡Trepamos a los árboles, participamos en carreras, saltamos desde un trampolín de tres metros y jugamos al fútbol! ¡Así que para de una vez de darme consejos! Si no, te vas a enterar de lo que es una buena regañina, una que deje a la guerra de Troya a la altura de un juego de bebés. –Miró a Costa con actitud desafiante. Pero él seguía allí inmóvil, como una estatua, con la boca abierta y el brazo todavía en alto–. ¡Continuemos! –Resopló, se dio la vuelta y siguió caminando con zancadas firmes.

Magnus tragó saliva. Esperaba que el estallido de Lily no hubiera echado todo por tierra. Miró a Costa con miedo. El pastor iba recuperándose poco a poco.

—¿Qué es… fútbol? –tartamudeó finalmente.

—Un deporte de nuestra patria –dijo Magnus algo cohibido–. ¿No… no te habrás enfadado con nosotros?

—Vaya temperamento –se asombró Costa, bajando el brazo por fin. Una sonrisa se extendió en su boca–. No sabía que las chicas pudieran enfadarse tanto. Tu hermana me gusta cada vez más. –Y siguió deprisa a Lily, que ya llevaba una ventaja de casi veinte metros.

Algo confuso, Magnus necesitó unos segundos para reponerse del susto y asimilar el repentino cambio de opinión de Costa. "Los troyanos están locos", pensó. Luego se apresuró a seguir a ambos.

Encontraron a Ulises media hora después, a la orilla de un río. Estaba de espaldas a ellos, incapaz de dirigirse a izquierda o derecha. Aquel hombre robusto iba y venía indeciso.

—¡A la derecha! –le gritó Costa desde lejos.

Ulises se giró.

—Costa, amigo mío –dijo riéndose–. De nuevo eres mi salvador. ¿Adónde iría a parar si no me hallaras una y otra vez y me llevaras de vuelta al campamento?

—Probablemente a algún lugar que el hombre todavía no ha pisado –respondió Costa haciendo una mueca.

El chico y el hombre se abrazaron como viejos conocidos. Luego, Costa le presentó a sus amigos.

—Estos son Magnus y Lilith, vienen del norte. Allí hay un reino donde las muchachas tienen el pelo rubio, hablan como los hombres y practican un deporte que se llama fútbol.

—¿Fútbol? –se sorprendió Ulises–. Nunca lo he oído. Pero tengo que confesar que no he viajado mucho. Salvo mi patria, Ítaca, y esta maldita Troya, no he visto prácticamente nada más –suspiró–. Bueno, quién sabe, tal vez tras esta guerra encuentre por fin tiempo para darme una vuelta por el mundo. –Se puso entre Lily y Magnus y rodeó con sus grandes brazos los hombros de los niños–. Pero regresemos al campamento –dijo de buen humor, comenzando a caminar y llevándose a los chicos consigo.

—¡Alto! –gritó Costa desde atrás–. ¡Esa es la dirección equivocada! –Llegó corriendo y sujetó a Ulises por el cincho de la espada–. A veces me pregunto cómo podéis conducir a un ejército entero si siempre os estáis perdiendo –comentó sacudiendo la cabeza.

—Oh, eso es sencillo –respondió Ulises, que a pesar de su nuevo fallo seguía estando de muy buen humor–. En la guerra solo es cuestión de permanecer donde se halla la multitud. O ir donde hay más fragor. En cualquier caso, es mucho más fácil dar con el lugar de la batalla que encontrar el camino de regreso a casa.

Riendo y conversando, los cuatro marcharon un trecho por la orilla del río. Costa, delante, y Lily y Magnus, a izquierda y derecha de Ulises. Los tres prestaban atención para que el rey no torciera por un lugar equivocado. Los chicos descubrieron asombrados que Ulises no tenía ningún interés en aquella guerra. Pero como soberano de un pequeño estado griego no podía permanecer en casa cuando todos sus vecinos acudían a la batalla.

Se fueron aproximando al campamento de los griegos. A unos cincuenta metros de una fortificación de piedras y tablas, cruzaron un foso por encima de un puente de madera.

—Lo empleamos como protección ante los carros de combate de los troyanos –explicó Ulises a los niños–. No siempre somos nosotros los que atacamos. En ocasiones los habitantes de la ciudad tratan de empujarnos hacia el mar.

El vigía de la puerta principal saludó al reconocer al rey y abrió tan solo una hoja, observando a los niños con cara avinagrada.

—Huy, creo que es uno de los soldados de antes –murmuró Magnus.

—Tienes razón –susurró Costa tras haberle mirado por encima del hombro–. Pero ya no os hará nada. Ha visto que sois amigos del rey Ulises. No hay mejor forma para protegerse de los griegos.

A pesar de aquellas palabras tranquilizadoras, Lily y Magnus recorrieron el campamento con una sensación de opresión en el pecho.

Ulises les explicó que la guerra duraba ya diez años. Y que ya hacía mucho que los soldados habían sustituido las tiendas donde dormían al principio por casas sólidas. Si por las calles hubiera habido niños jugando y mujeres riendo, habría parecido una auténtica ciudad. En la parte posterior de las casas, justo en la playa, se hallaban las naves. Los hombres las habían amarrado a tierra. Parecían barcas grandes. En el centro tenían un mástil, pero los muchos bancos laterales dejaban bien a las claras que la tripulación pasaba remando la mayor parte de las horas que transcurría en el mar.

Frente a la casa de Ulises, los chicos se despidieron del rey. El sol se aproximaba al horizonte y querían regresar a la cabaña de la colina antes de que oscureciera.

—Es preferible que mañana os quedéis en casa –les gritó a sus espaldas–. Atacaremos Troya al amanecer y probablemente la carnicería durará todo el día.

Cuando, poco después, el sol se hundió en el mar, Lily, Magnus y Costa estaban ya frente a la cabaña, sentados en el suelo. Costa les contó cómo había conocido a Ulises. El rey apareció de pronto en medio del rebaño y le preguntó el camino de regreso al campamento. Magnus no podía parar de reír. También Lily tuvo que sonreír, a pesar de que se hallaba concentrada en la nota que le estaba escribiendo a Albert. Costa la miró extrañado.

—¿Qué estás haciendo? –preguntó finalmente.

—Escribo una carta a… –meditó un instante qué era lo mejor que podría decir sin contar demasiado—. A… nuestros padres –respondió al fin.

La niña se había puesto algo roja a causa de la mentira, pero Costa no se dio cuenta. Estaba demasiado sorprendido ante aquel nuevo descubrimiento.

—¡Sabes escribir! –soltó emocionado–. No me lo puedo creer. Las gentes de vuestro país deben de ser magos o algo así. Aquí casi nadie sabe cómo se hace. Solo muy pocos son capaces. Y todos trabajan en la corte del rey.

Lily sonrió. Extendió un brazo y llamó a Merlín, que aguardaba en el tejado de la cabaña. Enrolló el mensaje y lo ató con un trocito de cuerda a la pata del grajo. El pájaro supo enseguida lo que pretendía de él. Levantó las alas con un fuerte graznido y voló rumbo al túnel.

Al observar su vuelo, los niños descubrieron a un hombre que conducía un rebaño en dirección a la cabaña.

—Mi padre –dijo Costa, saltando para ponerse en pie. Luego corrió hacia él gritando–: ¡Papá! ¡Papá! Tenemos visita. Nuevos amigos. Vienen del norte. Un chico y una chica. No te lo vas a creer: ella no para de hablar y sabe escribir, y juega a algo que ellos llaman "fútbol".

Lily puso los ojos en blanco, mostrando su impaciencia.

—Ojalá descubramos enseguida dónde se halla el tesoro –le susurró a Magnus–. No sé si voy a poder soportar a Costa mucho tiempo más… 🔳 🔳 🔳

Batallas pequeñas y grandes

El viejo termómetro de la pared marcaba apenas dieciocho grados. A pesar de ello, Albert tenía la frente bañada en sudor. Lily y Magnus habían viajado al pasado antes de que hubieran acabado de leer el episodio de la guerra de Troya al completo. Albert lo hizo después... y lo que descubrió no le gustó ni un pelo. Estaba muerto de miedo por lo que les pudiera pasar a sus amigos. Ahora anotaba deprisa los hechos más importantes en una hoja de papel. En cuanto apareciera Merlín, le ataría la nota a la pata y le mandaría de regreso de inmediato. Ojalá estuviera ya el pájaro allí... Albert tamborileó impaciente con los dedos sobre la mesa.

Por fin oyó un sonido procedente del túnel. Se dirigió deprisa hacia la entrada.

—Ya estás aquí. ¡Ya era hora! –gritó.

Pero no le respondió ningún graznido alegre. No percibió ningún aleteo. Y no surgió ningún pájaro que se abalanzara ansioso sobre el cuenco con agua y el montón de galletas que estaban encima de la mesa. Sin embargo, el ruidito se fue haciendo mayor. Algo se aproximaba a Albert. Cada vez más. El chico tragó saliva con fuerza. ¿Sería un soldado griego herido el que se arrastraba por el túnel? ¿O alguno de aquellos dioses con ganas de pelea?

Albert cogió una linterna y un trozo de tubería oxidada que estaban junto con otros trastos en una esquina del sótano. Ahora el ruidito sonaba muy cerca. Albert levantó el tubo, dispuesto a quitar de en medio a cualquier atacante que se presentara ante él. Iluminó el túnel con la linterna.

—¡Ni un paso más! –gritó con valentía.

Luego, dejó caer el tubo. La determinación de su cara dio paso a una sonrisa de sorpresa. La sonrisa se transformó en una mueca. Y Albert estalló en carcajadas.

En el haz de luz de la linterna apareció una tortuga, deslizándose apacible por el túnel. Llevaba una rama prendida del caparazón y el ruido que hacía al arrastrarla se multiplicaba al rebotar en las paredes de la cueva.

📖 Al día siguiente se produjo el ataque tal como Ulises había anunciado. Era imposible tratar de penetrar

en la ciudad en medio del fragor de la batalla. El ruido ensordecedor llegaba hasta la cabaña de la familia de Costa. El tintineo de las espadas, los chillidos de los heridos, los chisporroteos de las casas quemadas.

—Por hoy podemos olvidarnos de ir a casa de vuestros parientes –dijo Costa pensativo–. La guerra acaba con todo. Tras cada batalla me paso por el campamento de los griegos y por Troya para comprobar si todos mis amigos siguen allí.

Se quedó un rato callado. Lily y Magnus esperaron con calma a que se rehiciera.

—En cada ocasión falta por lo menos uno. Siempre ha sido así desde que puedo recordar. Tiene que haber otras cosas más allá de la batalla. –Los miró con los ojos húmedos–. Dijisteis algo de "fútbol" –dijo sorbiendo las lágrimas–. Tal vez podáis explicarme cómo se juega. Para que podamos olvidarnos un poco del griterío. –Y trató de esbozar una sonrisa con dificultad.

—Claro –contestó Lily–. Yo te explicaré las reglas y Magnus nos fabricará un balón.

—¿Cómo que Magnus fabricará un balón? –se sorprendió el chico. Cierto que era muy habilidoso y un apasionado de las manualidades. Pero ¿cómo iba a fabricar un balón en aquel páramo miserable?

Lily le echó una mirada de "ya se te ocurrirá algo, porque es muy importante".

Magnus suspiró. Luego, se levantó y miró a su alrededor tratando de encontrar algo que le recordara a un balón. Vio unos restos de cuero y un poco de cuerda áspera. Los cogió y se sentó a la sombra, donde nadie pudiera verle. Sacó su navaja con disimulo. Con la tijera cortó la piel y con el agudo punzón hizo pequeños agujeros en los bordes. Por ellos fue pasando la cuerda con minuciosidad. Así consiguió formar una especie de bola blanda. La rellenó con paja hasta que no cupo más y cerró la abertura. Seguro que con aquel balón no lograban ser campeones del mundo ni hacerlo botar más allá de unos centímetros, pero sí era más o menos redondo y los dedos de los pies no te dolían al chutarlo. Magnus pensó con orgullo que el trabajo había valido la pena.

Lily se quedó petrificada de la emoción cuando Magnus apareció corriendo con la pelota por la explanada frente a la cabaña donde se encontraban Costa y ella.

—¡Chico! ¡Es fabulosa! –le felicitó–. Vamos a jugar con ella de maravilla.

Tiró el balón al aire, lo alcanzó con el pecho, volvió a impulsarlo hacia arriba con la rodilla, le dio dos cabezazos y con un chute preciso se lo pasó a Costa. El pastor trató de atraparlo con el pie, pero falló, y la pelota dibujó un arco en el aire y fue a parar al suelo.

—Buff, qué desastre –dijo tumbado sobre la espalda–. Pero la segunda vez lo haré mejor. Ya lo veréis.

Para practicar un poco, los chicos fueron tirándose la pelota con suavidad de uno a otro. Costa aprendió rápido y pronto pudo incluso hacer algún que otro regate.

—¿Qué te parece? –preguntó Lily finalmente–. ¿Jugamos un partido? La portería estará entre los arbustos.

Así jugaron individualmente (Lily ganó por cinco goles a Costa, que marcó dos, y a Magnus, que no hizo ningún tanto), chicos contra chica (3 a 7) y Magnus contra Costa con Lily en la portería (2 a 1). Luego, agotados pero contentos, se tiraron sobre la hierba.

—El fútbol es muy divertido –jadeó Costa–. Pero tienes razón, Lily… En este deporte los hombres nunca podrán igualar a las mujeres.

Lily sonrió.

—¿Sabes? –respondió–. Los hombres no andáis tan mal en cuestiones deportivas. Creo que llegará un momento en que el fútbol también se os dé bien.

El juego había sido una distracción estupenda, pero ahora la amenaza de la guerra se hacía presente de nuevo.

—Voy a ir al campamento de los griegos –dijo Costa al atardecer–. ¿Queréis venir? –Al ver las caras dubitativas de Magnus y Lily, explicó–: Tomo un camino lateral que desemboca directamente en la casa de Ulises.

Por ahí no se ven heridos. Para transportarlos hasta el hospital de campaña emplean el camino principal.

Los dos niños asintieron en silencio. Los tres bajaron muy callados por la colina en dirección al mar. Seguro que Ulises podría decirles cómo estaban las cosas. Si seguía con vida…

Encontraron al rey griego justo cuando iba a salir.

—Llegáis a tiempo de echar un vistazo a la sorpresa que les tenemos preparada a nuestros enemigos –les informó a los niños por todo saludo–. La guerra no puede continuar así. No somos lo suficientemente fuertes para tomar por asalto la ciudad, y los troyanos son demasiado débiles para echarnos de aquí.

Los condujo hacia una explanada en el centro del campamento. Allí reinaba un tremendo ajetreo. En realidad, el guía fue un soldado al que Ulises le dio el encargo. De ir solo, habría tomado con toda probabilidad el camino equivocado.

En la plaza, un gran número de hombres cargaban un montón de madera: listones, tablones y hasta troncos enteros. Varios carpinteros iban de un sitio a otro, dando instrucciones.

—Es evidente que no os puedo contar cuál es nuestro plan –susurró Ulises a los niños–. Pero funcionará y hará que esta guerra termine de una buena vez. –Se puso recto y sacó pecho con orgullo–. Tenéis que saber que ha sido idea mía. ¡Eh, Epeo! –gritó de repente, haciendo señas a un hombre que estudiaba

un pergamino en el que había un dibujo. A Magnus solo le dio tiempo a echar un vistazo a la hoja, pero habría jurado que se trataba de la ilustración de un caballo.

Ulises agarró al hombre del brazo y se lo llevó consigo. Dejó a los tres niños plantados, como si se hubiera olvidado de que estaban allí. Ellos se sentaron sobre un tronco y observaron cómo los hombres serraban y martilleaban. ¿Qué plan sería aquel del que había hablado Ulises? ¿Cómo pretendía tomar Troya? ¿Con una máquina de madera? ¿Tal vez con un tanque? No, todavía faltaba mucho para que fueran inventados los carros de combate. ¿Una torre móvil con la que se pudieran superar las sólidas murallas de la ciudad y los muros de la fortaleza? Pero los troyanos podrían quemarla sin más. Por muchas vueltas que le dieran, no tenían ni idea de qué era aquello que estaban fabricando ante sus narices.

—¿Habéis visto a Ulises?

Estaban tan concentrados en sus pensamientos que no se habían fijado en que Epeo, el hombre del dibujo, se había aproximado a ellos.

—Quería acompañaros a la salida del campamento y regresar inmediatamente. –Epeo movió la cabeza a derecha e izquierda, tratando de dar con él–. ¡Maldita sea! No se puede haber perdido si tan solo tenía que cruzar la plaza en diagonal –musitó.

—Por aquí no ha venido –le notificó Costa–. ¿Vamos a buscarlo?

—No, esta vez no –dijo Epeo sacudiendo la cabeza–. Dirigiré yo solo a los trabajadores. Pero tenéis que marcharos de aquí. Lo que estamos construyendo es secreto absoluto. Desde este momento a los extraños no se les ha perdido nada en el campamento, y a los niños, tampoco.

Costa asintió. Tenía más que claro que lo mejor era marcharse. Epeo llamó a un soldado y le dijo que los acompañara a la salida. En cuanto estuvieron fuera, cerraron la puerta y los chicos oyeron que la candaban con una gruesa tranca.

—Me encantaría averiguar lo que se traen entre manos –comentó Lily.

—A mí también –confirmó Costa.

—A mí no –dijo Magnus–. Por lo menos, no implicándome. Pero me apuesto lo que queráis a que pronto nos vamos a enterar.

Un caballo de más

Se había hecho demasiado tarde para intentar ir a Troya ese día. Así que al día siguiente se levantaron temprano y se pusieron de camino a la ciudad.

—Sé por qué puerta pasan las mujeres cuando van a lavar la ropa –les explicó Costa por el camino–. Tenemos que esperar el momento exacto, entonces podremos colarnos por ahí.

—Mmmm… –se limitó a murmurar Magnus.

Para su gusto, hacerlo a esas horas era por completo equivocado. Demasiado pronto. Mientras seguía a sus amigos con dificultad, los ojos se le cerraban de sueño. Lily estaba igual, pero la marcha al fresco aire de la mañana despertó rápidamente las ansias de aventura que había en ella. Por fin iban a la ciudad. Al lugar donde el rey Príamo tenía escondido su tesoro. ¿Habría visitas guiadas por el palacio y la cámara del tesoro?

Al llegar a las murallas de Troya, comprendieron que Costa los había sacado a la hora oportuna de las balas de paja que empleaban como lechos. Cuando alcanzaron la puerta principal, los guardianes comenzaban ya a cerrarla entre chirridos. En el último segundo se introdujeron por ella a pesar de la mirada de desconfianza de los soldados troyanos. Tuvieron suerte de ser niños todavía. Tres, cuatro años más y el vigilante habría dado la voz de alarma con toda seguridad. Así, se limitó a gruñir unas palabras que ni siquiera el traductor universal con su potente altavoz pudo discernir.

Mirada de cerca, Troya mostraba los avatares de la guerra. Muchas construcciones tenían impactos de piedras grandes y pequeñas; bastantes, rastros de incendios, y algunas estaban por completo en ruinas.

—¡Aquí! Esta era la casa de nuestros parientes –dijo Magnus de pronto. Se había parado ante un montón de piedras, barro y madera astillada–. Nuestro padre me describió el lugar perfectamente. Estoy seguro de que vivían aquí.

Lily y Costa, que se habían alejado unos pasos, se dieron la vuelta y fueron a su lado.

—Tienes razón –se apresuró a decir Lily–. Tiene que ser esta, o por lo menos lo fue.

—No queda mucho –dijo Costa apenado, levantando con el pie algunos escombros–. Pero no os preocupéis. En los últimos años son muchos los habitantes que han abandonado la ciudad. Tal vez se fueran mucho antes de que la echaran abajo.

Lily y Magnus trataron de mostrarse muy impresionados. Pero lo cierto es que, ahora que habían dado con la excusa perfecta, no podían apartar sus pensamientos del tesoro. Por si acaso, se quedaron un minuto en silencio, con las cabezas gachas; luego, Magnus preguntó con timidez:

—¿Piensas que podríamos ver la fortaleza y el palacio, ya que estamos aquí?

—No tengo ni idea de si nos dejarán entrar –dijo Costa moviendo la cabeza de derecha a izquierda–. Pero podemos probar.

Subieron por la colina hasta los robustos muros que se divisaban desde toda la ciudad.

—¡Bufff! Tienen por lo menos diez metros de alto –se sorprendió Lily. En casa le encantaba trepar por vallas y paredes. Pero aquel muro de piedra caliza le producía un gran respeto. No había ni una hendidura, ni una sola rendija donde apoyar los dedos para izarse. Quien quisiera penetrar en la fortaleza tenía que entrar forzosamente por una de las puertas.

—Tenemos suerte –les informó Costa con los ojos brillantes. Acababa de hablar con el vigilante de la puerta principal–. Podemos entrar. Porque somos niños.

"¡El tesoro! ¡Estamos a punto de dar con el tesoro!", se alegró Lily en su interior. Pero en cuanto aquel muro de diez metros de grosor quedó a sus espaldas y se disponían a marchar hacia palacio con paso decidido, un soldado troyano se interpuso en su camino.

—¿Qué buscáis aquí? –les gritó–. ¡Desapareced inmediatamente!

—El guardián de la puerta nos ha dicho… –comenzó Costa. Pero el soldado le cortó en el acto.

—Él no tiene nada que decir. Los carros de combate van a pasar por aquí. ¿Queréis que os coceen los caballos? –Hizo que sus dientes rechinaran con furia–. ¡Esta vez vamos a mostrarles a los griegos lo que es bueno!

Los tres niños retrocedieron. Efectivamente, el patio se llenó de carros de caballos cargados con soldados que, armados con lanzas y espadas, esperaban decididos la señal de partir. Los animales caracoleaban nerviosos. Lily, Magnus y Costa se apretaron contra la muralla.

—Será mejor que busquemos la forma de salir de aquí –propuso Costa–. Mientras podamos.

Se dieron prisa en desandar el camino hasta la ciudad. Y lo hicieron a tiempo, porque los carros traspasaron la puerta con estrépito poco después que ellos. Una espesa nube de polvo los envolvió.

—¿Os había dicho ya que Troya es la ciudad de los caballos? –dijo Costa tosiendo–. Todos los ricos los crían. Antes, la gente venía de muy lejos para comprarlos aquí.

Lily se apartó el polvo de la cara con la mano y observó con pena que los guardianes cerraban la puerta tras los carros.

Deambularon decepcionados por la ciudad. Magnus estaba rabioso. ¡Menuda manera de tratar a los turistas! ¿Por qué no tenían el tesoro expuesto en un museo como es debido, con los horarios habituales de visita? ¡Vaya porquería! El chico le dio una patada a una piedra. Todavía no existían los museos. Y en la época de Troya los turistas debían de ser menos frecuentes que una cobaya cantando el grito tirolés.

Magnus dejó los pensamientos a un lado y miró a su alrededor: entonces se dio cuenta de que se había producido un cambio. Ahora las personas parecían… más alegres. Excitadas pero contentas. Dio un codazo a sus amigos. También ellos lo notaron enseguida. En torno a ellos todos reían y daban gritos de júbilo.

—¿Qué sucede? –le preguntó Costa a una mujer que bailaba ante ellos con los brazos en alto.

—¡Se han marchado! –gritó ella–. ¡Los griegos se han marchado! ¡Han izado velas y navegan rumbo a su patria! –Y de la alegría le estampó a Costa un beso en la frente y a Magnus, que estaba a su lado, uno en la mejilla. Luego siguió bailando.

—¿Marchado? –murmuró Costa. No podía creerlo. Durante toda su vida los griegos habían estado allí, luchando contra los troyanos. Y ahora, de un día para otro... ¿Marchado?

—¡Vamos a verlo! –decidió Lily.

Corrieron hacia la puerta de la ciudad todo lo deprisa que les permitían la multitud y el bullicio de las calles. Siempre siguiendo la riada de gente, que también quería verlo con sus propios ojos.

¡Y con lo que se encontraron! El campamento de los griegos estaba vacío..., pero no del todo. Todos los barcos, los soldados y las armas habían desaparecido. En su lugar, en medio de la calle central... ¡había un caballo! No un caballo auténtico, de carne y hueso. Uno de madera. Uno que por lo menos tenía ocho metros de altura, calculó Magnus. Uno que ya había visto una vez en el dibujo del griego Epeo. Como si se tratara de un juguete gigante, estaba sujeto a una plataforma con ruedas.

La gente rodeaba sorprendida el enorme corcel de madera. ¿Para qué podría servir eso?, se preguntaban. ¿Por qué lo habrían construido los griegos? ¿Y por qué lo habrían dejado allí?

Una mujer se apartó de la multitud. Tenía el cabello revuelto y su mirada parecía fija en un punto muy lejano. Subió a la plataforma, extendió los brazos hacia delante como si tratara de protegerse con las manos del deslumbrante sol y habló con una voz sorprendentemente profunda:

—En el momento del triunfo los dioses se apartan de Troya. Cierran los ojos de las personas para que no vean el peligro. Un regalo del enemigo porta la muerte en su interior. Quien lo lleve a la ciudad le causará la ruina. Y Troya arderá. Hundida por su propio símbolo.

Lily y Magnus sintieron que un escalofrío recorría sus espaldas. Para su asombro, Costa rió a su lado. Y no solo él. Casi todos se tocaron la sien con el dedo o pusieron las manos una delante de otra a la altura de la nariz para burlarse de la mujer.

—¡Déjalo, Casandra! –gritó alguien.

—Ya has vaticinado bastante –se mofó otro.

—Es Casandra –les explicó Costa con rapidez–. Es hija del rey Príamo. Todos sabemos que no anda bien de la cabeza. Se pasa todo el tiempo anunciando desgracias. Pero nadie la cree. Ni siquiera los más agoreros.

Un hombre dio un paso al frente. Se dirigió a la mujer de la plataforma.

—Nadie profetiza desgracias tan hermosas como las tuyas, Casandra –se rió en alto y la muchedumbre se carcajeó con él–. Pero los griegos se han ido. Y este juguete para bebés gigantes no podrá lograr aquello que los griegos llevan diez años intentando inútilmente.

Levantó a la mujer con cuidado y se la pasó a otros dos hombres de la corte que estaban frente al caballo. Estos condujeron a Casandra de regreso a la ciudad entre los silbidos y gritos de la gente. Su vaticinio no había atenuado el ambiente de fiesta para nada. Al contrario, lo había enardecido aún más.

En cuanto se hubo ido Casandra, se formó un tumulto ante una de las casas de los griegos. Al principio, los niños no pudieron ver lo que ocurría exactamente, pero al parecer una persona se abría paso hacia el caballo.

Guiados por un oficial, unos soldados empujaron con violencia a un hombre hacia la plataforma. El prisionero trataba de liberarse con todas sus fuerzas, pero los soldados troyanos lo tenían bien agarrado.

—Este es un soldado griego –gritó con arrogancia el oficial al pueblo–. Él nos explicará qué pretenden hacer con este gigantesco caballo de madera.

—No diré nada –masculló el griego.

—Claro que sí –dijo el oficial. Desenvainó la espada y se la puso en la garganta–. ¿O quieres que te degüelle aquí mismo?

—¡No! –chilló Lily–. ¡No lo hagáis!

Quería correr hacia delante y evitar de alguna manera que matara al griego. Pero Magnus y Costa la retuvieron por los brazos.

—No podemos hacer nada contra los soldados –le susurró Costa al oído.

Entretanto, las personas de alrededor subieron el tono de sus protestas.

—¡Matadlo! ¡Tiene que hablar! ¡Troya! ¡Viva Troya! –sonaba por todas partes.

El griego temblaba.

—¡Lo diré todo! –gritó lo más alto que pudo–. ¡Perdonadme la vida y os lo diré todo!

El oficial envainó la espada, pero dejó la mano sobre la empuñadura en actitud intimidatoria. Lily dejó de hacer fuerza para liberarse. Con los puños apretados, aguardó tan excitada como la masa el relato del hombre.

—Es cierto, soy griego –comenzó el prisionero–. Mi nombre es Sinon y he luchado contra Troya. Durante diez años hemos tratado de conquistar la ciudad, sin éxito. Nuestros hombres sentían nostalgia de sus familias. Nuestros reyes debían ocuparse de sus propios reinos. Por eso partimos. Embarcamos de noche y pusimos todos los barcos rumbo a nuestra patria.

—¿Hablas de "nosotros" y tú estás aquí? –le interrumpió alguien entre la multitud.

—Yo quería regresar a Grecia –continuó Sinon–. Pero los vientos no nos fueron propicios. No se hinchaban las velas. Por eso, los reyes decidieron ofrecer el sacrificio de un hombre a los dioses… ¡Yo fui la ofrenda!

—¿Te mataron? –se mofó alguien de las últimas filas–. Tienes un aspecto muy sano y animado para ser un cadáver.

—Pude escapar en el último momento –explicó el prisionero–. Me escondí. ¡Y desde entonces odio a los griegos!

Esa frase fue un alarido. Tenía gotas de sudor en la frente.

—¿Y qué pasa con el caballo de madera? –insistió el oficial.

—Es un regalo para la diosa Atenea –respondió Sinon–. Para que proteja a los griegos en su camino de regreso. Suerte para los griegos, ¡no para los

troyanos! Por eso es tan grande, para que no pase por las puertas de la ciudad y vosotros no podáis adueñaros de él. Porque si lograrais meterlo, vuestra ciudad sería la protegida durante siglos y siglos. Pero si lo destruís, la desgracia caerá sobre Troya.

—¿Así de estúpidos sois los griegos? –gritó alguien–. Por supuesto que cogeremos el caballo y lo meteremos en nuestra ciudad. ¡No tenemos más que echar abajo un trozo de la muralla!

Un grito de júbilo se extendió por la multitud. Hombres y mujeres saltaban como posesos.

—¡Derribad la muralla! –voceaban mientras aplaudían al compás. Los soldados de la plataforma dieron un empujón a Sinon y saltaron a donde estaban sus paisanos. Los troyanos emplearon todas sus fuerzas para arrastrar el caballo a la ciudad. Algunos corrieron a sus casas a coger herramientas. Con ellas golpearon la muralla con ahínco hasta hacer un hueco lo suficientemente grande para que pasara el caballo. Lily y Magnus se habían separado de la muchedumbre. Apenas podían creer lo que estaban viendo. Hombres, mujeres y niños comportándose como vándalos. Incluso Costa daba puñetazos a la muralla mientras gritaba:

—¡Se acabó! ¡Diez años de guerra quedaron atrás! ¡Nos quedamos con el caballo de los griegos!

Sus amigos le miraban sacudiendo la cabeza.

—No me lo puedo creer –dijo Magnus–. Van a meter el caballo en la ciudad sin examinarlo siquiera. ¿Cómo se puede ser tan tonto?

—Sí, me parece que ahora va a haber un caballo de más en la ciudad –asintió Lily.

¡Arde Troya!

Una vez que Merlín atravesó el túnel de regreso al pasado con la nota de Albert en la pata, se apresuró a tratar de localizar a los chicos. Primero lo intentó en la cabaña de la familia de Costa, pero allí no estaban. Así que sobrevoló la llanura en un círculo. Pero salvo el padre de Costa y sus ovejas, solo había piedras, hierba

y matorrales. El siguiente intento sería la ciudad. Ya en la distancia, el grajo se percató de que se celebraba algún festejo en Troya. Las calles estaban llenas de gente. Los habitantes corrían por todas partes, se reían y se abrazaban entre ellos. Con aquel revuelo era imposible incluso para los ojos penetrantes de Merlín distinguir a dos niños. El ave voló y voló, dando vueltas y vueltas, hasta que se rindió. Le habría encantado deshacerse del pesado rollo de papel, pero como no había manera de hallar a Lily y Magnus, se dirigió de nuevo a la cabaña de la colina. Allí estaba su campamento nocturno, así que regresarían pronto. Agotado, Merlín aterrizó en el tejado de la cabaña y metió la cabeza entre las alas.

Lily y Magnus discutían acaloradamente con Costa cuando regresaron ya de noche.

—Tú mismo oíste a Ulises –le advirtió Lily por enésima vez–. Tenía un plan.

—Y estaban construyendo algo de madera –la secundó Magnus–. El caballo. ¡Con él quieren conquistar Troya!

—Quien no está no puede conquistar nada –los tranquilizó Costa–. Y los griegos se han ido con sus barcos, ¿no?

—Pero pueden regresar en cualquier momento –insistió Lily enfadada, dando una patada en el suelo. ¿Cómo podía ser tan testarudo aquel chico?

—En cualquier caso, quiero pasar la noche en la ciudad y festejarlo. –Costa levantó las manos, como defendiéndose–. A no ser que tengáis pruebas de que es una trampa.

Lily y Magnus resoplaron enojados. ¿Cómo iban a tener una prueba? Ni siquiera estaban seguros. Solo que la súbita marcha de los griegos les parecía sospechosa. Muy sospechosa…

Despertado por el ruido, Merlín voló hasta ellos. Aterrizó en el hombro de Lily y extendió la pata malhumorado. Magnus deshizo el nudo y desenrolló el papel.

—Vaya mensajero –se sorprendió Costa–. ¿Funciona también con otras aves? ¿Palomas, por ejemplo?

Lily y Magnus no prestaron atención a la pregunta. Leyeron excitados el mensaje que Albert les transmitía:

¡¡¡Estáis en grave peligro!!!

¡¡¡Troya se viene abajo!!!

Los griegos simulan que se rinden. Pero solo es una trampa. 40 soldados se esconden en un enorme caballo de madera. Los troyanos meten el caballo en la ciudad y, cuando están durmiendo, salen los soldados. Abren las puertas y dejan entrar a los demás griegos. ¡Troya acaba incendiada!

¡¡¡Tenéis que regresar cuanto antes!!!

Albert

¿Necesitaban una prueba? ¡Aquí la tenían! Si Albert escribía que Troya se venía abajo, aquello no era ninguna patraña, sino una certeza irrefutable.

—¿Buenas noticias? –preguntó Costa–. ¿Van a venir pronto vuestros padres a buscaros?

—¿Qué? –Magnus estaba algo aturdido–. Eh…, sí… Nos recogerán… esta misma noche… –tartamudeó.

—Nos han escrito algo más –añadió Lily con rapidez. Quería aprovechar la oportunidad para disuadir a Costa de ir a las fiestas de Troya–. Cuentan que se han encontrado con un comerciante griego y les ha dicho entre risas que iban a conquistar Troya esta misma noche por medio de una trampa.

Por el rabillo del ojo pudo apreciar el impacto que aquella noticia producía en Costa. El chico había escuchado atentamente y parecía desconcertado. Por un lado, seguía creyendo que la guerra estaba ganada. Pero por otro, no podía ni imaginarse que algo que estaba escrito no fuera real.

—Nuestros padres nos piden que abandonemos la ciudad de inmediato y nos ocultemos –siguió Magnus. Había pillado la idea de Lily al vuelo.

—Si es así –dijo Costa en voz baja–, será mejor que nos quedemos aquí. Aunque me habría encantado ir a las celebraciones –acabó, mirando con nostalgia en dirección a la ciudad–. ¡Tanto!

Lily tenía un nudo en la garganta. Le deseaba a Costa de todo corazón que su sueño de paz pudiera cumplirse. Pero la nota de Albert probaba que solo se trataba de una ilusión. Las cosas se habían puesto muy negras para la ciudad. Y para sus posibilidades de encontrar el tesoro.

—Será mejor que nosotros también nos quedemos aquí –le susurró a Magnus–. Para vigilar que no salga corriendo pese a todo y se busque la ruina.

Magnus asintió. Ahora no podían dejar a Costa solo. Y en la aislada cabaña de la colina estarían seguros. Al menos eso esperaba.

Agotados por las emociones del día, los tres niños se acostaron sobre la paja y se durmieron enseguida.

Los despertó un graznido alborotado. Merlín estaba armando un buen revuelo sobre el tejado. Impelidos por un mal presentimiento, los niños y los padres de Costa corrieron al exterior. En la misma puerta ya notaron los reflejos ondeantes de un gran…

—¡Fuego! ¡Arde Troya! –gritó la madre de Costa.

—No puede ser –murmuró el chico–. Teníais razón: era una trampa. Una trampa perversa.

—Los griegos –dijo su padre señalando el campamento. Allí podían verse las siluetas de innumerables barcos–. Han regresado y están incendiando Troya.

Lily y Magnus permanecían callados, algo retirados de los demás. Ellos sabían que esto iba a pasar. Miraban horrorizados cómo las llamas prendían de casa en casa, extendiéndose cada vez más y alcanzando incluso la fortaleza y el palacio. Una densa nube negra sobrevolaba el lugar donde solo unas horas antes la gente celebraba despreocupada la victoria. El fragor de la batalla llegaba hasta ellos más fuerte que nunca. Por suerte podían decir que estaban seguros en la colina. Pero… ¿lo estaban?

—¡Vienen soldados! –gritó Costa de pronto, señalando el pie de la colina. El resplandor de las llamas de Troya se reflejaba en las bruñidas armas de un tropel de soldados.

—Están de camino hacia aquí –dedujo el padre de Costa–. Tenemos que huir de inmediato. ¡Costa, libera las ovejas! No pueden caer en las garras de esos tipejos. Nos esconderemos en la llanura.

Costa corrió hacia el cercado donde estaba el rebaño. Abrió la verja y espantó a los animales para que salieran. Lily y Magnus le ayudaron.

—No vamos a ir con vosotros –voceó Lily por encima de los balidos de las ovejas–. Tenemos que regresar al lugar del que vinimos.

—Pero eso es peligroso –le rebatió el chico–. A nosotros los griegos no van a atraparnos. Mi padre y yo conocemos la región mejor que cualquiera. Pero vosotros sois forasteros.

—Seguiremos a nuestro grajo –dijo Magnus–. Conoce el trayecto perfectamente.

Costa no se quedó muy convencido.

—No nos pasará nada –le aseguró Lily.

—Voy a echaros de menos –reconoció Costa algo avergonzado–. ¿Con quién voy a jugar al fútbol ahora?

En ese instante sus padres se aproximaron a la cerca.

—¡Tenemos que marcharnos! –le urgió el padre.

Costa abrazó a Lily con espontaneidad y luego apretó a Magnus contra su pecho.

—¡Mucha suerte! –les deseó. Luego se dio la vuelta y al momento desapareció con sus padres en medio de la oscuridad.

—¡Merlín! –gritó Magnus–. ¡Merlín, aquí!

Una sombra negra abandonó zumbando el tejado y aterrizó aleteando sobre la cabeza de Lily.

—¡A casa! –le indicó Magnus–. ¡De regreso al presente!

Merlín graznó con un sonido apagado. Luego se impulsó en el aire y voló delante de los niños hasta el túnel. Al llegar, se dieron la vuelta. Una columna de humo salía de la cabaña. ¡Los soldados le habían prendido fuego!

—La guerra es espantosa –musitó Lily y se metió con Magnus y Merlín en el túnel.

Troya en llamas se quedó en el pasado.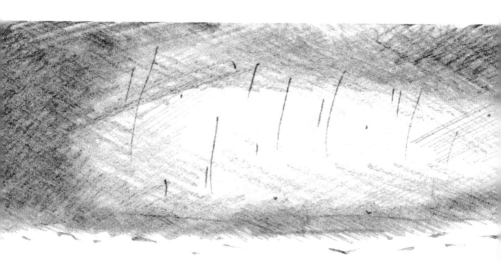

Con nuevos planes hacia la vieja meta

El camino hacia el presente era sencillo. Iluminados por la luz de la linterna, Lily y Magnus recorrieron el túnel hasta llegar al mapa de la pared. Merlín siguió volando para anunciar a Albert su regreso. Para que el túnel quedara cerrado y nadie más pudiera pasar del pasado al presente, tenían que volver a poner el cristal azul en su sitio. Lily lo sacó del bolsillo oculto en su vestido.

—Qué lástima, no nos hemos traído ningún *souvenir* de Troya –dijo despacio mientras metía el cristal en la pared. Sonó un leve zumbido y las paredes

relucieron en color azul... Luego, la conexión con el pasado quedó cerrada.

—Oh, sí que tenemos una cosa —la consoló Magnus—. Pero no tiene muy buena prensa, a la gente no le huele muy bien... —Y sacó de su túnica un trozo de queso de oveja—. Me lo dio la madre de Costa ayer. Como regalo para nuestros "familiares" de Troya.

—Bueno, pues ya veremos si nuestros amigos de la villa son incondicionales de Troya o no —dijo Lily.

Recorrieron sonriendo los últimos metros y llegaron al sótano de la casa, donde Albert ya los esperaba impaciente.

—Qué suerte que no os haya pasado nada —soltó Albert con un suspiro de alivio cuando vio aparecer a Lily y Magnus por la rendija de la pared—. No estaba seguro de que Merlín pudiera encontraros antes de que Troya acabara hecha cenizas.

El grajo estaba sobre sus rodillas, picoteando las pasas que había en un bol. Al escuchar las palabras de Albert se quedó algo desconcertado, torció la cabeza y observó a los niños con mirada de reproche.

—Merlín ha estado genial. Se puede confiar en él —afirmó Lily.

Cogió unas pocas pasas y se las metió con rapidez en la boca. Cuando Magnus iba a hacer lo mismo, el ave le picoteó los dedos. Llevar y traer mensajes era un trabajo agotador. Por eso no entendía por qué iba a tener que compartir un salario tan merecido. Magnus retiró la mano a regañadientes.

—Pero en lo que se refiere al tesoro, las cosas andan fatal –dijo Lily. Se puso detrás de la silla, la agarró por las asas y llevó a Albert a la mesa–. No nos dejaron entrar en palacio. Así que seguimos sin tener ni idea de dónde lo escondió el rey Príamo.

Se dejó caer sobre una caja que había junto a la mesa y le contó a Albert sus experiencias con griegos y troyanos. Mientras, Magnus colocó de nuevo el armario delante de la entrada del túnel secreto. Luego, se unió a sus amigos y fue completando aquellos datos de la crónica que Lily olvidaba.

—De Costa y de su familia no pone nada en Internet –informó Albert finalmente–. Pero sobre Ulises hay un montón de cosas. A la vuelta de Troya se perdió y vagó por el Mediterráneo durante más de diez años.

—Eso es muy propio de él. –Magnus sacudió la cabeza–. Si alguien necesitaba un buen navegador, ese era Ulises. Creo que… ¡AUH!

Magnus se había levantado de un brinco. Saltaba a la pata coja mientras se apretaba el pie con las manos. En el suelo, al lado de la silla donde estaba sentado, había una tortuga pequeña. La muy traicionera tenía la boca abierta.

—¿Qué es esto? –preguntó Magnus y posó el pie en el suelo con precaución, una vez que hubo comprobado que no había más animales esperando una oportunidad para hincarle los dientes a alguien.

—Oh, es Helena –se rió Albert–. Se me ocurrió que el nombre le iba que ni pintado. También proviene de Troya. –Y les contó que, al oírla deslizarse por el túnel, la había tomado por un soldado enemigo.

Lily levantó a Helena y la puso sobre la mesa.

—Hola, Helena –habló en un susurro–. ¿Qué forma de comportarse es esa? Una chica troyana no muerde a un chico en los dedos de los pies. Aunque tengan el extraño aspecto de gusanos gordos.

—Ja, ja, no tiene nada de gracioso –refunfuñó Magnus, atreviéndose a sentarse de nuevo en la silla–. Además, ¿a qué viene eso de "chica"? Si Helena ha llegado por el túnel, hace más de tres mil años que salió del huevo. Ante nosotros está la tortuga más vieja del mundo. Garantizado.

Enfadada por el exquisito bocado que se había perdido, Helena cruzó diagonalmente la mesa en dirección a Magnus. Para ser una anciana dama de tres mil años lo hizo a un ritmo asombroso. A la vista de su mirada decidida, Magnus corrió a poner sobre el tablero el queso que le había dado la madre de Costa. Arrancó un trocito y se lo ofreció a la tortuga.

—Toma; esto sabe mejor que los dedos de mis pies, de mis manos o mi nariz –dijo.

Helena lo atrapó con ansia. Y se lo zampó antes de que Merlín pudiera arrebatárselo. El grajo se había atracado de pasas, pero en su tripa siempre había sitio para un bocado extra. Magnus le dio un pedacito. El resto se lo pasó a Albert.

En cuanto el chico se metió un poco de queso en la boca, llamaron a la puerta del sótano.

—Vaya, parece que este manjar ejerce atracción en toda la ciudad… –bromeó Lily.

Pero solo era el padre de Albert. Asomó la cabeza por la rendija de la puerta y, luego, bajó las escaleras.

—Quería coger unas cosas del almacén. Así que, de paso, he pensado que podía echaros un vistazo –dijo. Posó la mirada en Lily y Magnus, vestidos todavía de troyanos–. Oh, ¿estáis haciendo teatro? –preguntó–. ¿Griegos o romanos?

—Griegos –respondió Magnus.

—Está relacionado con lo de la búsqueda del tesoro –explicó Lily.

—¿Búsqueda del tesoro? –El padre de Albert puso expresión de desconcierto; luego, cayó en la cuenta–. Ah, sí, el tesoro de Troya. –Se acercó a la mesa y examinó la túnica de Magnus–. Un trabajo excelente, el vestido –alabó–. ¿Quién os lo ha hecho?

—Yo misma –musitó Lily–. Mi madre me ayudó.

—¡Rayos! –se asombró el profesor–. Sí que os esmeráis con vuestros juegos.

Los niños sonrieron. Si el padre de Albert supiera…

Tras la visita a la Troya de los antiguos griegos, la siguiente visita de los chavales sería a la Troya del siglo XIX. Mejor dicho, a la Troya de mayo de 1873. A finales de ese mes, Heinrich Schliemann, comerciante y arqueólogo aficionado, había descubierto el tesoro de Príamo, así lo llamó. Lily y Magnus esperaban vivir el hallazgo con él para aclarar de esa manera el enigma de su escondite. Para ello era necesario que participaran en las excavaciones.

La pregunta sobre el atuendo más adecuado tuvo una respuesta rápida. Y para alivio de Lily, esta vez no fue preciso sentarse a la máquina de coser.

—Los vestidos de troyanos están bien –asintió su madre contenta–. Algo sucios, pero serán fáciles de lavar. Si quisieras, podrías ponerte el tuyo para salir a la calle, siempre que lo trataras con cuidado… ¿Te parece que los donemos al teatro municipal?

—Por mí, encantada –respondió Lily–. A cambio, podrían prestarnos nuevos disfraces. Necesitaríamos algo de 1870.

—Ah, el siglo XIX es sencillo –se rió su madre–. En esa época están ambientadas un montón de obras de teatro. Tenemos mucho donde elegir.

Fue a la librería y sacó dos gruesos álbumes de fotos.

—Sabemos perfectamente qué ropa vestía la gente entonces porque ya existían las fotografías. No como hoy, claro, con cámaras en los móviles y copias en los ordenadores. Entonces, una máquina de fotos era tan grande y engorrosa como una mochila escolar. Y había que revelar cada imagen por medio de un proceso químico. A pesar de ello, los primeros fotógrafos viajaron por todas partes y tomaron numerosas instantáneas.

Y quien podía permitírselo iba a un estudio y se hacía retratar en posturas tremendamente envaradas.

Abrió el primer álbum. Contenía viejas fotos familiares que ya estaban muy amarillentas. Una mostraba al padre del tatarabuelo de Lily con un traje muy incómodo, con chaleco y pajarita en el cuello. En la cabeza llevaba un sombrero de copa que recordaba la sección de una tubería. Estaba de pie, tieso al lado de una silla en la que se hallaba sentada la madre de la tatarabuela de Lily. Ella llevaba un vestido abullonado con muchos pliegues. Coronaba su cabeza un sombrero de ala ancha decorado con flores y cintas.

"¡Oh, no, otra vez un vestido!", gimió Lily en su interior. Y dijo en voz alta:

—¿Realmente la gente se paseaba por la calle así de peripuesta?

—No tanto —se rió su madre. Dejó el álbum a un lado y cogió el otro. Eran fotos del teatro—. Pero cosas así sí que se ponían. ¡Mira esto! —Su dedo señaló una escena en la que un hombre, arrodillado ante una mujer, le ofrecía un ramo de flores—. Las mujeres llevaban vestidos largos con varias enaguas, y los hombres, traje. Incluso en el trabajo.

—Eso tampoco ha cambiado mucho en la actualidad —dijo Lily—. En las oficinas o en los bancos los hombres tienen un aspecto muy parecido, creo yo.

—No, no; en todo tipo de trabajo —la contradijo su madre—. Incluso los campesinos en los campos y los trabajadores de las minas de carbón llevaban a menudo traje con chaleco y una gorra en la cabeza.

—Pero eso es muy poco práctico –objetó Lily, imaginando a Magnus ataviado con un traje y a ella misma con un vestido elegante, buscando el tesoro con pico y pala.

—Vaya si era poco práctico –confirmó su madre–. Pero ¿quién dice que la moda tiene que ser práctica? En todo caso, en el XIX se pensaba más en el decoro.

Lily suspiró. En lo que se refería a la ropa, prefería la Troya de los tiempos de Ulises a la de Schliemann.

"Cuesta creer lo que hay que sufrir para hallar un tesoro famoso", pensó.

Cada minuto cuenta

—Esta vez nuestro viaje al pasado sí que va a ser un verdadero juego de niños –dijo Magnus con alegría cuando, unos días después, los tres amigos volvieron a encontrarse en el sótano de la vieja villa.

Era estupendo que por fin eligieran un destino donde no estuvieran en guerra o no enviaran a los forasteros a la cárcel nada más llegar. También Lily parecía relajada, todo lo relajada que podía estar llevando un vestido.

—Mirad lo que os digo: solo una camisa de fuerza es más incómoda que esto –refunfuñó.

—Si esa es tu opinión es que nunca te has puesto una camisa con cuello y corbata –le rebatió Albert–. Estás deseando que estas malditas cosas te ahoguen cuanto antes y no tengas que sufrir tanto.

Los niños comprobaron la lista de objetos que debían llevar. Lo tenían todo.

Lily cogió el cronómetro y la linterna, y Magnus se puso a Merlín sobre el hombro.

—Y no regreséis sin encontrar el tesoro de Troya –se despidió Albert con una mueca.

—No tengas miedo –respondieron ellos–.

Te traeremos una corona y te nombraremos Albert I del Sótano.

Y Lily, Magnus y Merlín desaparecieron por el túnel secreto. Algo después se oyó un fuerte zumbido y un ligero fulgor azulado iluminó la entrada. Albert volvió silbando a la mesa del ordenador. En esta ocasión se había informado antes en Internet y no había encontrado ni la mínima muestra de ningún riesgo. No había de qué preocuparse. Y, sin embargo, Lily y Magnus iban a correr mucho más riesgo que en las aventuras precedentes.

🔲 "Mayo de 1873. Viajeros del tiempo y buscadores de tesoros, ¡bájense, por favor!"

Lily sacó el cristal azul de la pared y lo metió en un bolsillo entre los muchos pliegues de su vestido.

—Estoy deseando ver qué quedó de Troya –dijo Magnus cuando se dirigían a la salida del túnel–. La muralla era tan alta y tan gruesa… que no se puede haber venido todo abajo, ¿no te parece?

—Ni idea –contestó Lily encogiéndose de hombros–. Pero lo veremos en unos minutos.

—O no –suspiró Magnus, que iba delante y en ese momento traspasaba el arbusto que tapaba la salida. No era el mismo de tres mil años atrás. Este no tenía espinos. Y les aguardaba otra diferencia: llovía a cántaros.

Los niños salieron malhumorados. Diluviaba como si alguien en el cielo vertiera bañeras y bañeras llenas de agua. En unos segundos Lily y Magnus estaban empapados.

—¿Qué te parece? ¿Regresamos y ponemos nuestra ropa a secar en el sótano? –comentó Magnus.

Antes de que Lily pudiera responder, oyeron cómo, desde atrás, se aproximaba una especie de chapoteo. Se dieron la vuelta y vieron a un chico que corría hacia ellos.

—¡Rápido! –gritó excitado–. ¡Daos prisa! ¡Necesitamos ayuda! ¡Tienen que venir todos!

El chico los había alcanzado y pretendía adelantarlos cuando Lily lo agarró de la chaqueta. Los dos estuvieron a punto de resbalarse y caer en el barro todo lo largos que eran de no ser por Magnus, que pudo sostenerlos en el último momento.

—¿Quién necesita ayuda? –le preguntó Lily. Era algo más pequeño que ella, debía de tener unos ocho o nueve años. Mostraba una expresión de horror en la cara. Jadeaba, debía de llevar corriendo un largo trecho.

—En Troya… En las excavaciones… –resopló–. Un corrimiento de tierra… Hay muchos hombres sepultados… Tengo que ir a buscar más ayuda… Cada minuto cuenta.

Lily lo soltó. El chico salió corriendo de inmediato. La gente de Troya necesitaba su ayuda. De esa manera se resolvió la pregunta de si regresaban por el túnel de nuevo al sótano. Lily y Magnus rodearon la loma lo más deprisa que pudieron y llegaron a la colina ve-

cina, el lugar donde miles de años antes la ciudad de Troya se había venido abajo durante la guerra. Y si no se apresuraban, volverían a morir personas. Enterradas bajo aquel pesado y húmedo lodo.

Unos minutos después llegaron al lugar de la tragedia. A pesar de la lluvia fue fácil de hallar, pues gran cantidad de hombres, mujeres y también niños se afanaban tratando de rescatar a los heridos. Probablemente la tormenta había hecho que se derrumbase el muro lateral de una fosa ancha y profunda. Los que trabajaban en ese instante en la zona no habían tenido ninguna posibilidad de escapar. Un alud de cieno y rocalla los había arrollado.

En numerosos puntos varios valientes retiraban el barro y lo metían en cubos sirviéndose únicamente de las manos. No se atrevían a usar las palas por temor

a herir con sus cantos metálicos a los sepultados. Entregaban los cubos a quienes tenían detrás y por medio de una cadena humana los alejaban de las fosas. Cuando llegaban a una zona segura eran vaciados y devueltos para ser nuevamente utilizados. Lily y Magnus se miraron y enseguida ocuparon en la cadena el lugar de otros dos niños que parecían exhaustos.

Llegó un cubo lleno. Magnus lo cogió del asa. El cubo casi le tira al suelo de lo pesado que era. Magnus apretó los dientes. Estiró las piernas y se volvió a Lily. Ella se había dado cuenta de la carga que se le venía encima y agarró el cubo con ambos brazos por abajo. Así estaba mejor, aunque tuvo que jadear por el esfuerzo. Medio giro de cadera y el peso recayó en un joven musculoso. A cambio, él le pasó un cubo vacío, que ella dio a Magnus. En cuanto Magnus lo soltó, recibió ya el siguiente cubo lleno.

Aquella tortura no se podía aguantar más de unos pocos minutos. Se intercambiaron con los niños que ya habían colaborado antes. En los breves descansos observaban los avances de las labores de salvamento.

Si todavía quedaran esperanzas… A cada momento los semblantes de los adultos se mostraban más sombríos. El barro era compacto y no dejaba pasar el aire para respirar. Sería necesario que sucediera un milagro para que…

—¡Aquí! –gritó en ese momento un hombre en la zanja–. ¡He encontrado algo!

Varios hombres se precipitaron hacia el lugar. Cuando vieron lo que había bajo el cieno estallaron en gritos de alegría. La cadena humana se paró y todos acudieron al borde de la fosa para averiguar qué pasaba allí.

—¡Los hemos encontrado! –gritó alguien por encima del sonido de la lluvia–. ¡Están vivos! Se han guarecido bajo una lona. ¡Están vivos!

Ahora Lily, Magnus y los que estaban a su alrededor también comenzaron a gritar de júbilo. Levantaban los brazos y abrazaban a todos los que se encontraban a su paso. Tres hombres, dos mujeres y cuatro niños se echaron sobre Lily. Uno de los niños era tan pequeño que no podía entender por qué todos se sentían tan felices de repente. Lily lo aupó y giró en círculos mientras reía. Por el rabillo del ojo vio que dos mujeres robustas besaban a Magnus en las mejillas… y a él no le importó. Los sepultados vivían, eso era lo importante.

Varios hombres se encargaron de conducir a los supervivientes a sus pueblos. Los llevaron en carros tirados por burros, que se quedaban atascados una y otra vez en el fango. Las mujeres reunieron a sus hijos, les limpiaron el barro de la cara y los llevaron en brazos a sus casas. En un corto espacio de tiempo todos iban camino de sus hogares, con la mente puesta en el feliz desenlace de la experiencia y en la ropa seca que les esperaba. El lugar en el que tan solo unos minutos antes reinaba un frenético ir y venir se transformó en una explanada desierta. Casi desierta. Bajo la lluvia torrencial, solos y desamparados, permanecían únicamente Lily y Magnus.

Desenterrar una ciudad entera

—¡De nada! ¡No hay de qué! –gritó airado Magnus en medio de la lluvia–. Hemos colaborado de lo lindo. ¡Y no hay nadie que nos ofrezca un sitio a cubierto donde calentarnos! –Dio con enojo una patada en el suelo.

—Se han ido todos –se sorprendió Lily–. Pues si seguimos aquí, bajo la lluvia, acabaremos cogiendo una pulmonía.

La niña miró a su alrededor con tristeza. No había tenido tiempo de hacerlo durante el salvamento. ¿Aquello era Troya? Allí solo había fango y suciedad. ¿Dónde estaban el palacio del rey Príamo, el templo y las gruesas murallas? ¿Qué había ocurrido con la ciudad? Las únicas construcciones que quedaban en la colina eran dos cabañas de madera, que no se podía decir que fueran muy lujosas. En todo caso, dentro se estaría seco.

—Llamemos a la puerta para ver si podemos quedarnos ahí –propuso Lily–. Por lo menos hasta que deje de llover.

Fueron a la casa más cercana y Magnus golpeó la puerta con timidez. No hubo señales de vida.

—¡Toca más fuerte! –le animó Lily y, para mayor seguridad, dio ella misma con los nudillos en la madera. Todo siguió igual de silencioso y oscuro.

—Pues vamos a la otra cabaña, entonces –decidió Magnus–. Creo que he visto el reflejo de una luz en la ventana.

No se había equivocado. Antes de que los niños dejaran atrás el camino que llevaba hasta ella, se abrió la puerta de la segunda casa. Alguien elevó un farol por encima de su cabeza y gritó con voz aflautada:

—¿Hola? ¿Quién anda ahí? Les prevengo: ¡estoy armado!

—Pero nosotros no –respondió Magnus. Tenía la estúpida sensación de que le iban a crecer membranas entre los dedos de los pies si pasaba más tiempo bajo el aguacero–. Solo queremos refugiarnos de la lluvia y secarnos un poco.

La voz se calló. Debía de estar pensando.

—De acuerdo. Entren –dijo finalmente.

A Lily y Magnus se les quitó un peso de encima. Corrieron hacia la luz de la puerta y se encontraron en un humilde cuarto con mesa, sillas y estanterías.

—Muchas gracias –murmuraron.

Al resplandor de la lámpara de aceite pudieron ver por fin al habitante de la cabaña. Ante ellos se hallaba un hombrecillo que no era ni dos palmos más alto que los niños. Tenía la cabeza redonda y el pelo ralo. Su rostro estaba lleno de manchas y parecía enfurruñado, como si fuera una persona que se tomara las cosas demasiado en serio. A pesar de ser muy menudo, los brazos le llegaban casi hasta las rodillas. Los niños le echaron unos cincuenta años.

—Mi nombre es Hein-rich Schliemann –se presentó–. Comerciante y arqueólogo. Dirijo y financio las excavaciones de Troya, la reconocida ciudad del rey Príamo, que yo mismo he sacado a la luz. ¿Y con quién tengo el honor?

—Somos Magnus y Lilith –respondió Magnus, mientras a los pies de ambos se iba formando un charco de agua de lluvia.

—¡Oh! –le cortó Schliemann–. Magnus y Lilith…, qué nombres tan fantásticos. –Les dio una toalla a cada uno y señaló dos sillas que había junto a la mesa. Él mismo se sentó en la tercera–. Magnus…, el grande. Chico, tu nombre encierra un montón de historia. Y Lilith…, la primera mujer de Adán, si

hacemos caso de la mitología judía. Eso, sin olvidar a Lilitu, el espíritu del viento asirio. Vuestros padres os pusieron unos sonoros nombres históricos.

Lily y Magnus pararon un momento de secarse el pelo húmedo. No sabían muy bien a qué atenerse. El tal Schliemann podría tener una pinta singular, pero era el primer adulto con el que se habían topado hasta ahora que conocía el significado de sus nombres. Contra su voluntad, pero estaban impresionados.

—Ya que hablamos de vuestros padres —añadió Schliemann—, ¿dónde están en realidad?

—Vendrán en los próximos días —aseguró Magnus al instante—. ¿Sabe usted? Nuestro padre es profesor en la universidad. Leyó en el periódico lo de sus excavaciones y sintió deseos de ir a visitarlas. Pero en la frontera hubo un problema con los papeles. Y mamá y él han tenido que quedarse a arreglarlo.

Schliemann asintió comprensivo. Él mismo podría explicar cientos de historias motivadas por problemas con las autoridades.

—A mi hermana y a mí nos dejaron pasar haciendo una excepción —siguió cotorreando Magnus—. Porque no podíamos esperar más para ver Troya con nuestros propios ojos. Llevamos muchos años interesados en el tema.

Le guiñó el ojo a Lily de soslayo. Los ojos del hombre brillaban de emoción. No solía entenderse muy bien con los niños, pero aquellos dos le caían bien.

No habían podido esperar a ver la antigua ciudad...
¿Dónde iba a encontrar en el siglo xix dos niños tan
despiertos?

—Bien, así que muchos años –repitió Schliemann
sonriendo a Lily. Le cogió la toalla mojada y la cambió
por una seca–. ¿Cómo se llama vuestro padre? Tal vez
haya oído hablar de él. He viajado mucho por el mundo, he de deciros. Y se conoce a gente de todo tipo.

—Se llama... –contestó Lily muy despacio. No se
le ocurría ningún nombre adecuado. Se ató con nerviosismo la toalla alrededor de la cabeza, como si fuera un turbante.

—Albert –terminó con rapidez Magnus–. Albert
Einstein, ese es su nombre.

¡Glup! Se acababa de fastidiar todo el asunto, pensó Lily. El nombre de Albert Einstein lo conocía hasta
ella. Schliemann se daría cuenta de la trola y acabaría
echándolos de allí con cajas destempladas. O puede
que incluso ¿los encerrara? Echó a Magnus una mirada de enojo. Pero el chico no se dio por enterado.
Con toda tranquilidad, se quitó los zapatos y vació
el agua de su interior en un cubo que Schliemann le
pasó. Y para mayor asombro, Lily oyó que el arqueólogo decía:

—Bueno, no conozco a ningún Albert Einstein,
pero me alegro de su visita. Pienso que se quedará
impresionado de todo lo que he descubierto aquí.

Lily abrió los ojos de par en par. Aquel hombre
sabía lo que significaban sus nombres y, sin embargo,

¿no había oído hablar nunca de Albert Einstein?

—Por supuesto, seréis mis invitados –les informó–. Hasta que lleguen vuestros padres y encuentren alojamiento, podéis utilizar mi dormitorio. Yo me acomodaré en el despacho. –Se puso de pie y abrió una de las dos puertas que conducían a los cuartos contiguos–. Pero antes tenéis que quitaros esa ropa mojada. Podéis poneros estas camisas mientras se secan vuestros trajes.

Les dio dos camisas, los hizo entrar en el dormitorio, donde había una cama ancha, y salió para prepararse su propio acomodo. Lily cerró la puerta. No podía dejar de temblar, y no era a causa del frío.

—¡Estás loco! ¿Cómo se te ocurre decir que nuestro padre es Albert Einstein? –le susurró a Magnus–. Las cosas podrían haberse torcido. ¡Todo el mundo lo conoce!

—Aquí no –respondió el chico en voz baja–. Te olvidas de que estamos en el pasado. ¿No recuerdas lo que ponía en la camiseta que me dio el padre de Albert? ¡1879-1955! Y ahora estamos en 1873. Albert Einstein todavía no ha nacido. Es un nombre que llama tan poco la atención como si le hubiéramos dicho el de un actor o el de un presentador de la tele.

—Eso tampoco me habría gustado –reconoció Lily.

—Entonces, estamos de acuerdo en que Albert Einstein es mucho mejor –dijo Magnus–. Además, así podremos hablar sin problema de Albert, porque todos creerán que nos referimos a nuestro padre.

Lily se quedó pensativa. Magnus no solo había razonado mejor que ella, sino que, además, su idea había sido muy buena. ¿Cómo podía pensar después de un día tan ajetreado como aquel? Se dejó caer agotada en su lado de la cama y, un instante después, ya estaba dormida.

El día siguiente empezó bien temprano. En realidad, en plena noche. Heinrich Schliemann los despertó a las cuatro y media cantándoles "*Quinto, levanta, tira de la manta*". Lo hizo en griego, pero los niños no se dieron cuenta porque el traductor universal de sus oídos lo tradujo de inmediato al alemán.

Magnus se incorporó asustado.

—¡El perro se ha comido mi cuaderno de deberes! –gritó. Luego miró a su alrededor y comprendió que estaba soñando. Con un quejido, volvió a recostarse sobre la almohada–. ¿Por qué tenemos que levantarnos? –preguntó enfurruñado–. Ni siquiera ha amanecido.

—Ni un mínimo resplandor –balbució Lily–. Igual es la costumbre del siglo XIX. Por lo menos ha dejado de llover.

Se levantaron de mal humor. Su ropa estaba doblada en una silla. Las prendas, colgadas sobre la estufa, se habían secado durante la noche. Mientras Magnus se ponía los zapatos, sus tripas rugieron de hambre.

—Espero que nos dé de desayunar –dijo con ilusión–. Me comería un carro de combate troyano con el caballo y todo.

—Ay, sí, zumo de naranja recién exprimido…, eso es lo que me apetece a mí –afirmó Lily.

Fueron hacia el cuarto de estar llenos de esperanza. Allí Heinrich Schliemann estaba a punto de salir.

—Todas las mañanas comienzo el día bañándome en el mar –les dijo a los niños con una mirada de reproche–. Si mañana os levantáis antes, podréis acompañarme. En cuanto a hoy… –señaló hacia la mesa–, será mejor que os repongáis con un buen desayuno. Me imagino que debéis de tener unos diez años…

Lily y Magnus aintieron.

—¡Espléndido! Entonces tomaréis cada uno 1 ¾ de tostadas y 27 gramos de mantequilla, con un vasito de agua clara del Escamandro, el río cercano. ¡Que os aproveche!

Con esas palabras se dio la vuelta y se dirigió al caballo que le esperaba ya ensillado ante la cabaña.

—No me lo puedo creer –comentó Lily, mirando el lugar donde se había sentado anoche. En un plato había una rebanada entera y tres cuartos de otra de pan

negro. Acompañadas de un puñadito de mantequilla–. ¿Lo habrá medido con una regla y una balanza? ¿No hay más?

—¡Menudo tacaño! –Magnus contemplaba indignado su minúscula ración. Sus tripas protestaron con un rugido–. El periquito que tenemos en casa come mejor. Conseguir este tesoro nos está resultando muy costoso…

Se comieron el desayuno compungidos y lo tragaron con agua del río. Luego, escribieron a Albert:

Vivimos en la casa de Heinrich Schliemann, arriba, en la colina de Troya. ¡Tienes que ayudarnos! Es preciso que encontremos enseguida el lugar donde está escondido el tesoro. ¡Schliemann es un viejo tacaño y nos va a dejar morir de hambre!
Lily

—¿Tú crees que he sido excesivamente dura? –preguntó la niña cuando algo después se hallaban delante de la casa viendo cómo Merlín emprendía el vuelo hacia el túnel–. Al fin y al cabo, nos deja dormir en su casa.

Su barriga le dio la respuesta. Rugió tan fuerte que lo habrían podido oír a varios metros de distancia.

—El alojamiento no le cuesta nada –dijo un hombre bordeando la cabaña y yendo a su encuentro. Sonriendo, les dio dos manzanas–. En todo lo demás el jefe sopesa cada céntimo que gasta. También en la comida.

Se quedó parado ante ellos, abierto de piernas. Su mirada vivaz iba de uno a otro. En su rostro destacaba un bigote imponente cuyas puntas estaban cuidadosamente enrolladas hacia arriba. Llevaba traje, pero se había quitado la chaqueta. Tenía las mangas de la camisa remangadas, de tal manera que los chicos pudieron apreciar sus musculosos brazos. Una cicatriz de un dedo de largo cruzaba la parte interior de su brazo izquierdo. Debía de ser resultado de algún accidente antiguo. Tenía el pelo negro, y la piel, bronceada.

—Soy Hermann Dubios –dijo estrechando las manos de Lily y Magnus–, uno de los capataces de Troya. El jefe me ha encargado que os enseñara todo esto –guiñó un ojo y añadió–: Por el camino podemos hacer una paradita para acoplar vuestro estómago vacío.

A los niños les gustó Dubios. El capataz era un tipo muy diferente a su jefe. Hablaba de Troya abiertamente, de las excavaciones, de los numerosos mosquitos y escorpiones y de los problemas que había entre Schliemann y los trabajadores.

—Tenemos trabajadores griegos y turcos –contó–. Los turcos, como musulmanes, no pueden trabajar los viernes, y los griegos, al ser cristianos, los domingos. Pero mezclarlos nos permite trabajar sin parar durante toda la semana. Pretendemos desenterrar una ciudad entera.

Los condujo hasta la profunda fosa donde la víspera el fango había sepultado a varios hombres. Los trabajadores ya habían retirado la rocalla y el barro y ahora podían verse a los lados varios muros gruesos.

—Para decir la verdad, no se trata solo de una ciudad, sino de varias –les explicó Dubios. Señaló con la mano los distintos estratos de las paredes–. Si la guerra o un terremoto acababa con una de ellas, los habitantes construían una nueva sobre las ruinas de la anterior. Así que cuanto más profunda es una ruina, más antigua es la ciudad a la que pertenecía.

—Por eso… –murmuró Magnus–. No entendía por qué la colina me parecía más alta que en tiempos del rey Príamo. Antes no había tantas capas.

También Lily se había dado cuenta de algo. Con Costa habían ido a pie hasta el campamento de los griegos, que estaba junto al mar. Y ahora el mar se hallaba tan lejos que ni siquiera podían vislumbrarlo.

—Señor Dubios –preguntó–, ¿pudiera ser que antiguamente el mar hubiera estado pegado a la ciudad?

Hermann Dubios se quedó parado y se rascó la cabeza con actitud reflexiva.

—No tengo una idea clara al respecto –reconoció–. Pero pudiera ser. Con el paso de los años los ríos podrían haber llevado cantidades de fango hasta el mar, de tal forma que este quedara cada vez más apartado –sacudió la cabeza impresionado–. Tengo que deciros que los dos sois muy espabilados, francamente.

Les dio unas palmaditas de aprobación en la espalda y se dispuso a bajar por una escalera al fondo de la zanja. A pesar de su vestido, Lily le siguió con la agilidad de un mono. Por fin podía volver a ejercitarse, aunque se tratara solo de bajar por una escalera. Sin embargo, Magnus no estaba tan contento. Para su gusto había que bajar demasiados metros. Se agarró a los bordes, obligándose a sí mismo a no mirar abajo.

—¿En realidad para qué sirve esta zanja? –quiso saber Lily.

—La hicimos porque habría supuesto demasiado esfuerzo quitar la colina entera –contestó Dubios–. Una masa gigantesca de tierra, rocas y guijarros. Además, al jefe no le interesan lo más mínimo las ciudades más modernas. Solo piensa en hallar la Troya legendaria del rey Príamo. Pero está muy, muy abajo. ¿Veis esos gruesos muros de allí? –Dio unos pasos más y golpeó con la palma de la mano un grueso bloque de piedra completamente liso–. Lo más probable es que sean parte de la muralla de la fortaleza troyana.

—Podría ser –afirmó Magnus. Recordaba muy bien que tan solo unos días antes habían entrado con Costa en el patio de la fortaleza justo por esa esquina–. Aquí cerca se hallaba la puerta principal.

Dubios lo miró con los ojos abiertos de par en par.

—¡Rayos! –exclamó–. El jefe no ha exagerado nada. Realmente tenéis muchos conocimientos sobre Troya. No hace ni dos días que encontramos aquí vestigios de una puerta. ¿Cómo has podido averiguarlo?

—Solo… solo lo he supuesto –balbució Magnus, dándose cuenta de que había estado a un paso de desvelar el secreto de los viajes en el tiempo. El tal Dubios era un tipo listo al que no se le pasaban esas cosas. Tendrían que poner más cuidado en lo que decían.

Por suerte, en ese momento llegó un operario turco ataviado con unos pantalones bombachos y su presencia distrajo al capataz y le hizo olvidar los curiosos conocimientos de Magnus.

—Señor Dubios, mire esto –dijo–. Estos restos… podrían ser de un vaso.

El capataz tomó los trozos de cerámica que el hombre le pasó. Los observó con los ojos entornados, les dio la vuelta una y otra vez y, por fin, intentó unirlos como si se tratara de un rompecabezas.

—Tienes razón, Ahmed –reconoció finalmente, palmeándole el hombro–. Te has ganado un premio por el hallazgo.

Los ojos del obrero relucieron de alegría.

—Pero si el jefe te pilla con el cigarrillo en la boca, en vez de unas piastras vas a recibir la carta de despido. –Y con esas palabras, le quitó el cigarrillo y lo tiró al suelo–. El jefe ha prohibido fumar –explicó a los niños–. En una ocasión los trabajadores hicieron huelga por eso, los despidió a todos y cogió gente nueva. Así que será mejor que te tomes la orden en serio, Ahmed –le reconvino.

El hombre puso mala cara y se fue con el objeto a la segunda cabaña de la colina. Allí se limpiaban y se almacenaban los hallazgos.

—¿Qué tal si desayunamos por segunda vez? –Hermann Dubios se frotó las manos, contento. Lily y Magnus se alegraron. La ridícula ración en casa de Schliemann no había podido silenciar sus estómagos. Ni tampoco la manzana. Pero antes de poder asentir, un grito estridente recorrió la colina.

¿Siempre con la verdad por delante?

—¡Miserable ladrón! –La potente voz se extendió por el campamento como el chillido de una gaviota–. ¡Eres un maldito criminal! ¡Ahora mismo vas a entregarme el botín!

El capataz y los niños treparon por la escalera en un visto y no visto y salieron corriendo hacia el origen de los gritos. En Troya se trabajaba en diferentes excavaciones a la vez y tuvieron que correr un trecho hasta que dieron con el vociferante Schliemann. Tenía la cara colorada como un tomate maduro y no paraba de mover los brazos como si fueran las aspas de un molino. Asía un cuchillo con la mano derecha. Con él amenazaba a un trabajador que estaba ante él con los brazos cruzados y expresión testaruda. Al principio, Lily y Magnus creyeron que iba a atacar al hombre. Pero Schliemann se limitó a mantener el cuchillo debajo de su nariz.

—¡La daga de Héctor! –les informó–. Un hallazgo histórico de enorme valor. ¿Y te atreves a meter esta arma del héroe troyano en tu bolsa raída?

Mantenía el cuchillo en alto para que los niños y todos los trabajadores curiosos que se habían acercado pudieran verlo bien. Relucía al sol de la mañana emitiendo destellos rojizos. La hoja estaba agujereada por varios sitios, pues la tierra la había erosionado con el transcurso de los años.

—¿Cómo sabe a quién pertenecía esa daga? –preguntó Magnus en voz baja a Dubios, que se hallaba a su lado.

—Bueno, Héctor era uno de los principales defensores de la antigua Troya –susurró el capataz–. Y esa Troya es la única que le interesa al jefe. A menudo Schliemann asegura que un hallazgo pertenece a la época de la guerra de Troya aun antes de haberlo examinado con detenimiento. A veces le puede más el deseo de conseguir su sueño que la realidad histórica.

—¡Dubios, venga aquí! –gritó Schliemann al percatarse de su presencia. Señaló con el cuchillo al operario que tenía ante él–. Este ladrón está despedido. Ocúpese de que abandone inmediatamente la colina de las excavaciones.

El capataz acató las órdenes y llamó a dos hombres que se llevaron al ladrón de inmediato.

—Y no le quite ojo a este hallazgo –siguió ordenando Schliemann–. No quiero que desaparezcan más objetos de valor.

Se dio la vuelta con expresión furiosa y se encontró con Lily y Magnus. Por un momento su semblante se suavizó ligeramente.

—¡Siempre con la verdad por delante! ¡Apuntáoslo! –dijo con el dedo levantado–. Solo gracias a mi sinceridad he llegado a ser el que tenéis enfrente de vosotros.

Su vista recorrió las personas que le rodeaban como si esperara la aprobación de los suyos. Luego, comenzó a caminar a unas zancadas sorprendentemente grandes para sus cortas piernas en dirección a la cabaña de la colina.

—Bah, él y la verdad –refunfuñó un trabajador–. Quien le crea hará migas con el diablo.

Dubios hizo callar al hombre con un movimiento de la cabeza. Después ordenó a todos los obreros que volvieran a sus puestos. Salvo a un niño al que le pasó amistosamente la mano por el pelo. Lily y Magnus reconocieron en él al chico que el día anterior no había dejado de correr para pedir ayuda por el derrumbamiento.

—Este es Alexios –le presentó Dubios–. Su padre pertenece al equipo de excavadores y él se gana unas piastras haciendo trabajillos. Desgraciadamente no tengo tiempo para continuar acompañándoos. Por eso Alexios os enseñará el resto del campamento.

El muchacho asintió y, sin decir una palabra, únicamente con un gesto de la cabeza indicó a Lily y a Magnus que le siguieran.

Los tres se patearon la colina en absoluto silencio. Alexios los llevó por todo el recinto. El terreno era desigual, como si un gigante hubiera dado martillazos por toda la zona. En determinados sitios los operarios blandían una pala con la que liberaban trozos de muro. Luego cargaban las canastas de tierra en carros que llevaban por caminos escarpados hasta abajo.

Alexios permaneció todo el rato callado como un pescado seco.

—Vaya lío lo del robo –comentó Magnus tratando de entablar conversación.

Alexios siguió caminando en silencio.

—Y el desprendimiento de tierras de ayer tampoco estuvo mal –continuó Magnus.

Alexios no reaccionó.

Magnus miró a Lily. Ella se limitó a encogerse de hombros.

—No hablas mucho, ¿verdad? –preguntó Magnus directamente.

Alexios tendría que responder a eso si no quería quedar como un grosero.

—En nuestra familia amamos el silencio –musitó el chico.

—¿Por casualidad tu familia tiene un rebaño de ovejas y vive en una colina cerca de aquí? –preguntó Lily bromeando. La palabra "silencio" le había llevado a pensar en Costa de inmediato.

Alexios se quedó quieto, como paralizado por un rayo. Se volvió hacia Lily. Tenía el asombro dibujado en el rostro.

—¿Cómo lo sabes? –tartamudeó.

—Ay… Bueno… Es… –Lily trataba de hallar una excusa. Solamente pretendía hacer una broma y había dado en el clavo. ¿Cómo iba a explicárselo sin revelar nada de los viajes a través del tiempo?

—Una vez conocimos a un chico de esta región al que le parecía muy importante mantenerse en silencio –contó–. Y seguro que por aquí hay muchos pastores de ovejas.

Alexios escuchó el razonamiento con las cejas arqueadas. Daba la impresión de que estaba estrujándose las meninges para decidir si debía creer a la niña o no.

—Bien –dijo al final. Y algo parecido a una sonrisa apareció en su cara. Creía la historia. Magnus, que llevaba un buen rato aguantando el aliento, respiró aliviado.

Alexios los acompañó de regreso a la cabaña. La puerta de la caseta junto a la vivienda de Schliemann estaba abierta de par en par. Allí limpiaban los hallazgos de las excavaciones, los numeraban, fotografiaban y almacenaban. Pero eso no explicaba el exquisito aroma que los niños olieron ya de lejos. Y que debía de provenir de la cocina que también se hallaba en aquella cabaña. Cuando Lily, Magnus y Alexios entraron, vieron a un hombre y dos mujeres jóvenes que limpiaban verduras y las echaban a una olla grande. Los estómagos hambrientos de los chicos hicieron notar su presencia sonando con estruendo. El ruido distrajo a los cocineros de su trabajo.

—Vaya, tenemos la visita de tres lobos –bromeó el hombre y, riéndose del chiste, se sujetó su oronda barriga–. ¿O es que son los invitados de nuestro espléndido jefe? –Y al decir "espléndido" subió las cejas con una mueca para mostrar que Schliemann le parecía cualquier cosa menos espléndido.

Lily y Magnus no supieron qué replicar a aquello. Se quedaron parados, algo avergonzados, mientras sus tripas rugían por segunda vez.

—Suficiente —dijo el cocinero—. Ya lo veo: no podréis aguantar las dos horas que quedan para la comida.

Metió la mano en un primer cajón, del que sacó un trozo de pan sin levadura, y en un segundo, del que cogió un pedazo de queso de oveja. Les dio a los niños ambos alimentos.

—Tomad esto, lobos. Antes de que os zampéis mi cocido.

Alexios solo asintió con la cabeza mientras Lily y Magnus daban las gracias amablemente. Se les estaba haciendo la boca agua. Los tres niños bordearon la cabaña y se sentaron en unas rocas a la sombra. Allí devoraron con apetito el pan y el queso.

—¿Tú crees que nosotros podríamos participar en las excavaciones? —preguntó Lily con la boca llena mientras miraba a Alexios con ojos esperanzados. Pero él se limitó a encogerse de hombros.

—Será mejor que se lo preguntemos al señor Schliemann —concluyó Magnus—. ¿Tienes idea de dónde puede estar?

En lugar de dar una respuesta, Alexios se levantó en silencio y caminó hacia las excavaciones. Lily y Magnus se metieron con prisa el resto del pan en la boca y fueron tras él.

Desde el primer peldaño de la escalera vieron que los trabajos seguían su curso. Un grupo de hombres estaba enfrascado en descubrir un grueso muro. Hermann Dubios les daba instrucciones de dónde debían cavar y cuándo era preciso que dejaran de hacerlo porque había algo en el suelo que podría tener algún valor. Un cántaro, por ejemplo. Los obreros tenían ya un montón en un cesto.

A unos metros de ellos, Heinrich Schliemann raspaba con un cuchillo la tierra de la piedra. Se hallaba en el mismo sitio donde habían encontrado la daga aquella mañana. Concienzudamente fue desenterrando un objeto del que apenas se vislumbraba una pequeña parte. Daba la impresión de ser de metal, pues desde su posición a mayor altura, al borde de las excavaciones, los niños podían ver que, a pesar de la suciedad, la pieza brillaba al contacto con el sol.

Schliemann retiró con cuidado el objeto de la tierra y lo limpió con un trapo. Al hacerlo se dio la vuelta, de tal manera que los obreros no pudieron ver de qué se trataba. Instintivamente los tres niños se escondieron tras un arbusto. Así pudieron seguir observando sin que los descubrieran. Lo que Schliemann examinaba parecía un medallón. Pero la distancia no permitía asegurarlo. De pronto echó un rápido vistazo a los trabajadores. Ninguno le observaba. Con habilidad, como si ya lo hubiera hecho otras veces, se metió el objeto de metal en el bolsillo de la chaqueta. Luego siguió rascando con su cuchillo, como si no hubiera encontrado nada y únicamente se hubiera puesto derecho un momento para aliviar el dolor de espalda a causa de llevar tanto tiempo encorvado.

—Siempre con la verdad por delante –murmuró Alexios con despecho–. ¡Bah! Hay que ver cómo predica con el ejemplo el muy ladrón.

Lily y Magnus se miraron asombrados. Darse cuenta de que el propio Schliemann se quedaba con los hallazgos arqueológicos los había dejado sin habla.

El tesoro hallado…

Mientras en el siglo XIX Lily y Magnus comprobaban con sus propios ojos cómo Heinrich Schliemann hacía desaparecer los restos arqueológicos en el bolsillo de su chaqueta, en el presente Albert sudaba la gota gorda delante del ordenador. Sus amigos le habían encargado que buscara pistas de dónde podía hallarse el tesoro. Pero por más que lo hacía, no daba con ninguna referencia en la que apoyarse. Y, sin embargo, tendría que haber sido muy fácil porque, más de cien años después, había montones de libros y páginas web sobre el tesoro de Troya, o el "tesoro de Príamo", como lo había llamado Schliemann.

Lo curioso del asunto es que, al describir cómo había descubierto el tesoro, Schliemann no aclaraba la verdad. A veces aseguraba haberlo encontrado en el palacio del rey Príamo; a veces, que estaba en la muralla, y a veces, fuera del recinto de la fortaleza. Albert se tiró del pelo. No podía decirles a Lily y a Magnus que cavaran en tres, cuatro o más sitios incluso. Eso duraría una eternidad, sería muy aparatoso y, sobre todo, tremendamente extenuante. No, necesitaba datos más fiables de dónde podía hallarse el tesoro.

Con un suspiro hizo clic en la siguiente web. La Universidad de Tubinga… ¿Serían más listos? Por lo pronto, Albert leyó que eran científicos de allí los que continuaban con las excavaciones en la actualidad. Siguió pasando páginas. Se le estaban cerrando los ojos de sueño.

"¡Aguanta!", se dijo a sí mismo. Tal vez el siguiente clic trajera la solución…

Y, de pronto, se despertó de golpe:

TROYA II RAMPA, HALLAZGO DEL TESORO, ponía en letras mayúsculas. Justo lo que buscaba.

—¡Bingo! –gritó.

Merlín, que estaba ante la ventana abierta, jugando con una brizna que se mecía en el aire, llegó aleteando y observó interesado cómo Albert escribía una notita. Más aún: ¡dibujaba un mapa del tesoro!

🁢 Fuera todavía estaba oscuro, pero Lily no podía dormir. Se quitó la almohada de debajo de la cabeza y se la apretó contra la cara. No hubo manera. A través de las plumas seguía oyendo:

—… 288, 289, 290, 291…

Magnus contaba dormido. Lily sabía que en ocasiones el niño vivía muy intensamente los sueños que tenía, e incluso llegaba a decir una o dos frases en voz alta. Pero ¿contar? Por lo menos llevaba haciéndolo desde el 53, ese número la había despertado. Y ahora Magnus estaba ya en…

—… 312, 313, 314…

"¡Ya basta!", pensó Lily. "¡Voy a despertarle!".

Bajó de la cama, bordeó despacio los pies del mueble y cuando iba a darle un golpe con la mano, justo en el 329, Magnus dejó súbitamente de contar. Lily se detuvo en mitad del movimiento, esperando el siguiente número. Pero este no llegó. Magnus siguió durmiendo con una sonrisa de felicidad, como si llevara todo el tiempo descansando tranquilo.

"Vaya lata", pensó Lily. "¿Ya ha terminado?

¿O va a empezar otra vez? ¿Y si ahora le da por el alfabeto?"

Sin decidir si despertarlo de todas maneras o no, se quedó allí un minuto con las manos levantadas todavía. Lo único que se oía era la respiración sosegada del chico, ningún ruido más. Pero algo tocó el cristal de la ventana. Lily volvió la cabeza y vio a Merlín en el alféizar.

La llegada del grajo le dio la respuesta. La niña golpeó el hombro de Magnus: un toque breve pero contundente. Luego, abrió la ventana para dejar pasar a Merlín.

—No me podéis engañar. He contado bien —murmuró Magnus profundamente dormido mientras el pájaro saltaba sobre la cama y le ofrecía la pata en la que Albert había anudado su carta.

—¿Qué contabas? —preguntó Lily.

No quería que Magnus olvidara el sueño antes de poder explicárselo. El chico miró desconcertado la habitación. Aún no estaba despierto del todo. Observó a Lily sin comprender.

—Que qué contabas —insistió la niña mientras liberaba al grajo de su carga antes de que perdiera la paciencia y comenzara a picotear a Magnus.

—Pues… las monedas de oro —susurró el chico—. Hemos encontrado un valioso tesoro… ¿O no? —parpadeó indeciso.

—Habría sido bonito –dijo Lily riendo–. Pero todavía no hemos llegado a eso.

Desenrolló el papel.

He buscado el tesoro como un loco. Puede ser que esté escondido muy cerca de la cabaña de Schliemann. Justo sobre la muralla de Troya. Eso sospechan unos científicos. Pero no están seguros. Solo vosotros podéis resolver este misterio. Os he dibujado un mapa:

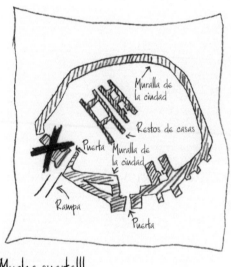

¡¡¡Mucha suerte!!!
Albert

—¡Guau! Un auténtico mapa del tesoro –exclamó Magnus. Por fin estaba totalmente despierto–. Estoy deseando ponerme a buscarlo.

—Si no me equivoco, podemos empezar ahora mismo –dijo Lily. Había oído crujidos y pasos en el cuarto de estar–. Este Schliemann es el mayor madrugador que he conocido en mi vida. Para él el día comienza antes de la salida del sol.

Una hora después el sol aparecía en el horizonte. Y encontró a Lily y Magnus pertrechados con una pala ante la puerta de la cabaña. No le habían contado a Schliemann nada del mapa de Albert ni del tesoro. Solo le habían dicho que ardían en deseos de continuar con las excavaciones de Troya. Schliemann se había entusiasmado.

—Si mis trabajadores fueran tan aplicados, lograríamos que la ciudad saliera a la luz en una semana –comentó con emoción.

"Si los trabajadores contaran con un mapa, serían mucho más aplicados", reflexionó Magnus. Pero se guardó para sí el pensamiento.

La hora era ideal para su búsqueda secreta. Esa mañana Schliemann iba a dedicarse a proveer de medicamentos a los obreros enfermos, a sus familias e incluso a sus animales.

—Los mosquitos de esta zona propagan enfermedades –les había explicado a Lily y Magnus–. No hay médicos en muchos kilómetros a la redonda. Así que la gente viene a verme a mí.

—No hay quien entienda a este señor Schliemann –reconoció Lily en voz baja–. Por un lado, es un avaro, y por otro, reparte gratis medicamentos caros.

—Sí, realmente es un tipo extraño –estuvo de acuerdo Magnus.

Con Merlín al hombro, él y Lily fueron a la escalera que llevaba a la fosa. Luego, treparon por rocas y muros medio liberados hasta llegar al lugar que estaba marcado con una cruz en el mapa. Allí se toparon con un problema.

—La cruz es tan gorda que no se puede apreciar dónde está el tesoro exactamente –rezongó Magnus.

—¡Déjame ver! –Lily le quitó el mapa de las manos–. ¡Vaya porquería! ¡Tienes razón!

Miró el grueso muro que tenían ante ellos, la hoja de papel y de nuevo el muro.

—En cualquier caso, no está sobre este monstruo –golpeó con la pala una de las imponentes piedras del muro–. Albert dice que el tesoro se halla *sobre* la muralla. Y esta parte está desenterrada casi por completo. Ya habrían encontrado el tesoro.

Cruzó los brazos malhumorada. Había algo que no encajaba. ¿Se habría equivocado Albert al pintar la cruz? No, eso era impensable en él. Si Albert decía que el tesoro estaba allí, sobre la muralla, es que era cierto. Pero, ¡maldita sea! ¿Dónde demonios estaba?

—Tal vez... Sí, eso sería posible. –Magnus se mordió el labio inferior con nerviosismo–. En esta colina las ciudades fueron construidas unas encima de otras

–explicó–. Podría ser que debajo de esta muralla hubiera otra. Y sobre ella se encontrara el tesoro. Entre las dos, por así decirlo.

—¡Como la carne en una hamburguesa! –exclamó Lily alborozada–. Todo lo que tenemos que hacer es trabajar desde un lado…

—… y procurar que no se nos caiga encima la parte de arriba del panecillo –terminó Magnus. El chico miró con temor las piedras a medio picar. La idea de excavar un agujero bajo un montón de piedras de seis metros de alto y dos de grosor le provocaba un nudo en el estómago. Y esta vez no era de hambre.

Estuvieron trabajando más de una hora. Se intercambiaban para retirar con la pala tierra y guijarros. Y enseguida descubrieron un nuevo muro que estaba incrustado en el suelo. Pero seguía sin haber rastro del tesoro. Oían en la distancia a los obreros que estaban al otro lado de la excavación.

—Hagamos un descanso –propuso Magnus. Se dejó caer sobre una piedra y se secó la cara con la manga.

—De acuerdo –jadeó Lily, que era la encargada de cavar en esos momentos.

Apoyó la pala en la pared y, al darse la vuelta, empujó el mango sin querer. El instrumento se desequilibró, cayó al suelo y arrancó un trocito de rocalla justo al lado del lugar donde Lily había estado cavando. Los dos niños se quedaron atónitos contemplando el pequeño rasguño en la tierra. No era del mis-

mo color
marrón
sucio de al-
rededor. Brilla-
ba en tonos cobre.

Lily y Magnus qui-
taron la porquería de
encima con sus propias manos.
Cada vez aparecía más cobre. Había
algo grande allí enterrado, pero los niños no podían reconocer la forma que tenía la
extraña pieza. A su lado relucía algo en tonos
dorados.

—¡Lo tenemos! –dijo Lily casi sin respiración de
la emoción que sentía–. ¡Hemos encontrado el tesoro
de Troya!

Magnus tenía gotas de sudor en la frente.

—Tal vez sea mejor que vayamos a buscar al señor Schliemann o a Dubios –propuso–. Ellos sabrán
cómo se iza un tesoro.

Lily asintió. Las piezas estaban muy enterradas. Sa-
carlas suponía un montón de trabajo. Iban a necesitar
mucha ayuda.

—Quédate aquí de guardia –ordenó y salió corriendo hacia la escalera. Ojalá Schliemann hubiera
vuelto de su baño en el mar o el capataz estuviera por
las proximidades.

Lily encontró a ambos frente a la cabaña de Schliemann. Habían acabado de conversar y se disponían

a comenzar un paseo de control para luego determinar las tareas del resto del día. Cuando Schliemann oyó que los niños habían dado con un auténtico tesoro, se volvió loco de alegría. A Dubios los ojos se le pusieron brillantes y quería salir corriendo al lugar del hallazgo, pero Schliemann le echó para atrás.

—Los trabajadores no deben saber nada —susurró—. Si no, lo robarán antes incluso de que lo saquemos.

Dubios tuvo que darle la razón.

—Podemos aprovechar el descanso del desayuno —propuso—. Entonces nadie preguntará qué hacemos y ganaremos algo de tiempo.

Schliemann asintió y el capataz se marchó de allí a grandes zancadas.

—Y nosotros dos vamos a examinar qué maravillas nos ha legado el rey Príamo —dijo Schliemann a Lily mientras se limpiaba el rostro con un pañuelo. A esas horas de la mañana un tesoro podía alterar bastante incluso a un millonario como él.

Diez minutos más tarde estaban todos reunidos en el lugar del hallazgo. Lily y Magnus observaron cómo Schliemann, utilizando un cuchillo, desprendía con cuidado la tierra de la pieza de cobre. Poco a poco fue desvelándose su forma. Era algo oval, ligeramente abollado. Un escudo. El arqueólogo lo sacó de la tierra con ayuda de Dubios. Cayó arena desde el muro superior. Schliemann pasó el escudo a Magnus y él lo depositó en una cesta de mimbre que el capataz había llevado en previsión.

—Es el escudo de Paris –afirmó Schliemann con rotundidad–. No hay duda de que hemos descubierto el tesoro del rey Príamo.

Los niños miraron a Dubios con expresión interrogativa. ¿Cómo podía saber Schliemann que aquellos objetos habían pertenecido justamente a Príamo?

El capataz se encogió de hombros. Su jefe soñaba con recuperar la antigua Troya, aquella que había combatido contra Ulises y los griegos. Por eso creía que casi todos los pedazos de cerámica o los puñales oxidados que encontraba provenían de aquella época. Para él era mucho más importante el sueño que la realidad. Pero fuera o no de Príamo, lo cierto es que allí había un tesoro.

—Señor Schliemann, ¿cómo es que el tesoro se halla encima de una muralla? –preguntó Magnus desconcertado–. Ahí podía verlo cualquiera.

—Buena observación –le alabó Schliemann mientras limpiaba con esmero la siguiente pieza–. Supongo que un criado del rey Príamo se dio mucha prisa en recoger todos los objetos de valor para ponerlos a salvo de los griegos. Justo cuando traspasaba la muralla, le mató una saeta. Y el tesoro se cubrió con las cenizas del incendio. –Sus ojos relucían como si estuviera viendo la escena–. Sí, así tuvo que ser.

Tras el escudo apareció un vaso de oro. Dentro había anillos de oro, pendientes y botones. Junto al vaso hallaron un cuchillo de plata, puntas de lanza de cobre y una diadema de oro, que Schliemann puso en la cabeza de Lily antes de depositarla en la cesta. Le quedaba perfecta. ¿La habría llevado antes una princesa?

—Mi querido Dubios, todo parece indicar que el tesoro es todavía mayor de lo que imaginábamos –dijo Schliemann al capataz cuando la cesta estuvo llena–. Vamos a necesitar más contenedores. Y un cedazo para separar las perlas y otras alhajas de la tierra.

—Voy a buscarlo –repuso el capataz. Se cargó la pesada cesta al hombro y se marchó.

Durante su ausencia, Schliemann enseñó a los niños cómo había que limpiar las distintas piezas del tesoro para no dañar nada. Siguiendo su consejo, Magnus sacó dos dagas de bronce, otro vaso de oro y una curiosa vasija que parecía una salsera con dos asas. Lily encontró unas cuantas pulseras y una diadema ancha, con perlas y plaquitas de oro que colgaban de unas cadenas.

—¡Inimaginable! –murmuró Schliemann cuando ella le pasó la joya–. ¡Qué lujo! ¡La tiara de la bella Helena! ¡Seguro! –Envolvió la diadema en su pañuelo con veneración y la depositó con suavidad en una de las cestas que Dubios le había proporcionado.

Hacia el mediodía habían desenterrado el tesoro completo y lo habían llevado en seis cestas de mimbre al almacén de la colina. Se componía de casi 9.000 objetos, incluidos los abalorios que en su día habrían pertenecido a un collar o a otras joyas similares. Para camuflarlas, taparon las cestas con paja y Schliemann cerró la puerta del almacén. Se metió la llave en el bolsillo de la chaqueta.

—¡Ni una palabra del tesoro! –les advirtió a Lily, a Magnus y a el capataz–. Haremos como si no hubiera ocurrido nada. Dubios, usted ordenará que sigan excavando como de costumbre. Vosotros, niños, podéis ayudar en otro lugar de las excavaciones. Yo saldré a caballo en busca de un escondite más adecuado para preservar el tesoro. Esta tarde estaré aquí de nuevo. ¡Es imprescindible la mayor confidencialidad!

Los miró fijamente a los ojos. Cuando le tocó el turno a Dubios, resultó algo ridículo porque el capataz le sacaba dos cabezas a su jefe. A pesar de ello, los tres asintieron. Porque de todos es sabido que un tesoro de esas características atrae a los maleantes…

… Y perdido

—¡Ay! ¿No puedes tener más cuidado?

Magnus se frotó enfadado la parte de atrás de la cabeza. Lily le había dado con el mango de la pala. Y no solo eso. También le había pisado varias veces y le había empujado por la escalera que llevaba a la fosa. Por suerte Magnus había logrado pararse a tiempo en el último peldaño.

—¡Lo siento! Es que no consigo tranquilizarme –susurró la niña mientras saltaba de una pierna a otra como si llevara tres días sin ir al baño–. Preferiría ir a… –se calló. Había estado a punto de hablar más de la cuenta–. Bueno, a contemplar nuestro misterioso secreto antes que estar aquí sacando estas estúpidas piedras –terminó.

Magnus se giró rápidamente. El siguiente grupo de operarios estaba trabajando a unos cuantos metros. Si hablaban en voz baja, ninguno de ellos podría escucharlos. Arriba, en el borde de la zanja, Hermann Dubios repartía nuevas tareas a unos cuantos hombres. Como capataz que era, tenía que ir y venir a menudo entre las distintas excavaciones.

—Mientras el señor Schliemann esté fuera no podemos ir al almacén –le recordó Magnus.

—Ya lo sé –suspiró Lily impaciente–. Pero ya hace horas que se ha marchado. ¿Cuánto más tendremos que esperar?

—Ha dicho –le aclaró Magnus por enésima vez– que volvería cuando encontrase un sitio seguro. Eso no es... –se calló a mitad de la frase al oír cascos de caballo arriba, en la colina. Tenía que ser Schliemann. Estaba de regreso.

"¿Le parecerá bien que vayamos enseguida y le ayudemos a trasladar el tesoro?", se preguntó el chico.

Pero no hizo falta que le diera más vueltas a la cabeza. Lily había salido corriendo al primer ruido de caballo y estaba ya en la escalera. Así que se dispuso a seguirla.

A los niños les esperaba una tremenda sorpresa en las cabañas. Se habían imaginado que se iban a encontrar con agentes de seguridad armados o con policías que trasladarían el tesoro en un coche blindado. Arrastrado por caballos, por supuesto, porque todavía no existían los automóviles. Pero, en lugar de eso, solo había tres personas: Schliemann, Dubios y... Alexios. ¡Y estaban discutiendo entre ellos!

Cuando Lily y Magnus se aproximaron más, se percataron de que Dubios tenía agarrado al chico con sus manos fuertes como palas. Alexios se defendía con todos los medios a su alcance. Se revolvía y daba patadas como un salvaje, pero el capataz no cedía en la presión.

—¿Cómo sabías tú lo del tesoro? –le echó en cara Schliemann–. ¿Quiénes son tus cómplices? ¿Dónde lo habéis escondido?

El hombre diminuto tenía la cara colorada como un tomate. Se puso delante del chico y levantó la mano.

—¡No le pegue! –gritó Lily, corriendo hacia allí y protegiendo a Alexios con su cuerpo. Magnus se colocó a su lado. El corazón le latía desbocado. No tenía ningunas ganas de recibir una bofetada. Pero no podía dejar a sus amigos en la estacada. Jamás.

Schliemann bajó la mano y, muy nervioso, se limpió el rostro con un pañuelo.

—Tienes razón, Lily –dijo–. Aunque este bribón se ha ganado unos azotes.

—¿Qué… qué ha hecho? –preguntó Lily, mirando primero a Schliemann y luego a Alexios. El niño se mantuvo callado. Estaba muy tranquilo, con expresión altiva, como si no se percatara de la presencia de los demás.

—¿Que qué ha hecho? –repitió Schliemann–. ¡Ha robado el tesoro! ¡Se ha llevado las seis cestas! –Y con cada palabra pegaba con rabia una patada en el suelo. Se abrió el cuello de la camisa para respirar mejor.

—No me lo creo –se le escapó a Magnus. Alexios y su eterno silencio no le eran simpáticos, pero tampoco lo creía capaz de un robo.

—Le hemos pillado con las manos en la masa –le replicó Schliemann mostrando un collar de oro que

Lily y Magnus reconocieron enseguida. Formaba parte del tesoro–. Tenía esto en la mano cuando le hemos sorprendido en el campamento. Seguramente se le habrá caído de la cesta cuando se la estaba llevando.

Todos miraron a Alexios. Pero él ni siquiera parpadeó. Estaba absolutamente sereno, muy al contrario que Schliemann.

—A pesar de eso –dijo Lily en voz baja– es imposible que haya podido cargar con las pesadas cestas.

—Solo no. Pero con cómplices adultos, sí. – Schliemann se aproximó tanto al rostro del chico que las puntas de sus narices casi se rozaron–. Probablemente de su familia.

Entonces todo ocurrió muy deprisa. Alexios mordió a Schliemann en la nariz y, al mismo tiempo, le pegó a Dubios una patada en la espinilla con todas sus fuerzas. Sorprendido por el dolor, el capataz aflojó la presión por unas décimas de segundo. Eso fue suficiente para que el chico se soltara y saliera corriendo a grandes saltos.

Dubios fue tras él maldiciéndole. Schliemann se llevó la mano a la nariz. Un rastro de sangre se escurrió entre sus dedos.

—Ojalá Atenea castigue

con la peste a ese maleante —masculló y se fue renegando a la cabaña a detener la hemorragia.

Lily y Magnus le vieron marcharse. No les entraba en la cabeza que Alexios hubiera robado el tesoro. Aunque las pruebas estuvieran en su contra.

Al poco rato regresó Dubios. Cojeaba ligeramente.

—Se me ha escapado —gruñó el capataz—. Hay que reconocer que es condenadamente rápido. Y, encima, me he tropezado con un maldito arbusto.

Se sentó en un cubo del revés y escupió en el suelo.

—¿Qué pasará ahora? —preguntó Magnus—. ¿El señor Schliemann va a notificárselo a la policía?.

—¿A la policía? —Dubios se rió a carcajadas—. Seguro que no. Tenéis que saber que el jefe no se lleva nada bien con las autoridades. Le acusan de haberse llevado al extranjero hallazgos de gran valor —se frotó la pantorrilla—. El tesoro también pensaba sacarlo. Por eso nadie podía saber de su existencia —añadió en tono más bajo para que Schliemann no pudiera oírle desde la cabaña—. Bueno, aquí, en Troya, no son los trabajadores los que tienen las manos más largas. Aunque, por lo que parece, en esta ocasión sí han sido los más rápidos.

Dubios se puso en pie y se estiró.

—Voy a ver qué cuentan por ahí —dijo—. Podría ser que uno de ellos hablara más de la cuenta y lográramos descubrir el rastro de los ladrones.

Lily y Magnus intercambiaron una breve mirada. Una investigación después de la búsqueda del tesoro era justo lo mejor para redondear la aventura. Tal vez pudieran probar que Alexios era inocente.

—Nosotros también daremos una vuelta –le informaron.

Y bajaron a las excavaciones, decididos a atrapar al ladrón y dar de nuevo con el tesoro.

No tuvieron mucha suerte con sus pesquisas. Entre los obreros se había corrido el rumor de que había problemas..., pero nadie sabía el motivo exacto. Sin embargo, eso fue suficiente para que cesasen todas las conversaciones en cuanto Lily y Magnus se aproximaban.

Por la noche se pusieron el pijama de mal humor y se acurrucaron en la cama.

—Vaya desengaño –dijo Lily–. Encontramos el tesoro y enseguida nos lo roban. ¿Cómo vamos a estar contentos?

—De todas formas, no podríamos haberlo conservado –respondió Magnus bostezando–. Así que para nosotros no es tan grave. Pero mañana podemos enviar a Merlín para que le pregunte a Albert. Quizá encuentre en Internet al ladrón. ¿Tú qué crees?

—Mmmm... Tienes razón –contestó Lily bostezando a su vez, y se cubrió con la colcha hasta la barbilla.

Magnus apagó la lámpara de aceite de la mesilla.
Luego se tumbó y le deseó a Lily buenas noches.
Pero el deseo no iba a cumplirse en absoluto.

Cazadores y cazados

¡Toctoc, toctoc!

Lily y Magnus acababan de dormirse cuando algo golpeó el cristal de la ventana. Como nadie se movió, el ruido sonó de nuevo, más alto esta vez.

¡TOCTOC, TOCTOC!

—¿Qué pasa? –Lily se frotó los ojos muerta de sueño–. ¿Eres tú, Merlín?

Pero no era el grajo. El ave estaba encaramada en el respaldo de la silla y, a cada nuevo golpe, iba y venía nerviosa, dando saltitos.

¡TOCTOC, TOCTOC!

—¡Ya voy! –gritó Lily. Se levantó del lecho y anduvo a tientas hasta la ventana.

—No compramos nada –murmuró Magnus a su espalda. Por lo visto, seguía en pleno sueño.

Lily abrió tan solo una rendija. Se oyó muy cercano el ulular de una lechuza.

—¿Quién anda ahí? –preguntó. A pesar de que el cielo nocturno estaba repleto de estrellas no pudo ver a nadie.

—Yo –susurró una voz.

—Di de una buena vez quién eres –replicó Lily, nerviosa.

—Yo, Alexios –fue la respuesta.

El chico se había escondido justo debajo de la ventana y, por fin, se decidió a dar un paso atrás para que Lily pudiera verle.

—¿Con quién estás hablando? –Magnus se había despertado del todo y se acercó a ella.

—Alexios está fuera –le explicó Lily.

—¿Qué? –gritó Magnus–. ¿Estás loco? ¡Te están buscando porque robaste el tesoro!

—No lo robé –le contradijo Alexios.

—Pues es lo que creen todos –dijo Magnus.

—Puedo probar mi inocencia –murmuró el chico por la ventana–. Tenéis que venir. Ahora mismo. Y deprisa.

Los niños se miraron entre ellos. ¿Debían arriesgarse? Apenas conocían a Alexios y no sabían qué pretendía. Por otro lado…, tal vez fuera inocente.

Justo dos minutos después, Lily y Magnus, completamente vestidos, saltaban desde la ventana al exterior.

—¿Adónde hay que ir? –quiso saber Magnus.

Por toda respuesta, Alexios les hizo señas de que le siguieran. Luego, desapareció en la oscuridad. Los dos viajeros del tiempo se pegaron a sus talones.

Salieron del campamento, bajaron la colina y recorrieron durante un rato la llanura.

—Si vamos a ayudarte a probar tu inocencia, tendrás que hablar con nosotros –le espetó Lily tras llevar un trecho corriendo los tres en silencio.

—Ahora hablar es peligroso —musitó Alexios—. Si queréis vivir, tenemos que permanecer callados.

Magnus tragó saliva. ¿Qué significaba eso de "si queréis vivir"? Nadie le había contado que el asunto se iba a poner tan dramático. También Lily sintió un nudo en la garganta. ¿En dónde demonios se habían metido?

Alexios les indicó que se agacharan con un gesto de la mano. Se oían voces delante de ellos. Voces masculinas. Los niños siguieron adelante. Fueron aproximándose de matorral en matorral. Por las sombras descubrieron que se trataba de dos hombres. Y al fin estuvieron lo bastante cerca para escuchar la conversación.

—¿Cuándo llegará tu comprador al pueblo? —preguntó la primera voz. Era profunda y a los chicos les resultó familiar.

—Mañana al atardecer —respondió el otro hombre con una voz absolutamente desconocida para ellos.

—Eso está bien —dijo el primero—. ¿Y va a comprarnos todo el tesoro de una vez?

—Por descontado —musitó el segundo riendo entre dientes—. Nos reportará lo suficiente para desaparecer de aquí.

—¡Por fin! —soltó el primero—. Ya no aguanto más muros rotos.

—¿Y crees que yo sí? ¡No voy a volver a acarrear una pala en mi vida, te lo juro!

Tras esas palabras, se metió un cigarrillo en la boca

y lo encendió. A la luz de la cerilla los niños pudieron ver por un segundo las caras de los hombres. Eran el trabajador a quien Schliemann había pillado tratando de robar el puñal y... ¡Hermann Dubios!

Lily se quedó literalmente sin respiración. Magnus estuvo a punto de chillar de asombro, pero Alexios le puso la mano en la boca a tiempo. Ahora entendían por qué Alexios se había empeñado en llevarlos hasta allí. Si se hubiera conformado con explicarles que el amable capataz era uno de los ladrones, no le habrían creído. Pero así lo habían visto con sus propios ojos y lo habían escuchado con sus propios oídos. Y, a pesar de ello, casi no podían creerlo.

Desaparecieron de allí con cuidado de no delatarse. Ya habían escuchado bastante. Ahora debían marcharse sin que repararan en ellos. Hasta alcanzar los cien metros de distancia no se atrevieron a ponerse erguidos. Pero nadie dijo una palabra antes de llegar a la colina.

—Jamás lo hubiera imaginado. –Lily sacudió la cabeza–. Habría sospechado de cualquiera menos del señor Dubios.

—¿Cómo caíste en que él podría ser el ladrón? –le preguntó Magnus a Alexios.

—Porque quería echarnos la culpa a mí y a mi familia –respondió el chico–. Él fue quien me mandó al almacén con la excusa de que fuera a buscar más cestos. La puerta ya estaba abierta cuando entré. Y, de repente, el señor Schliemann y esa rata se echaron sobre mí como salvajes.

—¿Y el collar de oro? –insistió Magnus–. Formaba parte del tesoro y tú lo tenías en la mano, ¿no?

—Estaba en el suelo. Solo lo cogí.

—Pero ¿por qué no lo contaste todo enseguida? –preguntó Lily enrollándose excitada un mechón de pelo en el dedo.

—¿A quién habrían creído? –dijo Alexios con sorna–. ¿Al mejor capataz de Schliemann o a un zagal andrajoso?

Lily y Magnus se callaron abrumados. Tan solo una hora antes también ellos se habrían puesto de parte de Dubios.

—Por eso lo seguí en secreto y le espié –continuó Alexios. Cuando descubrí que se iba a encontrar con su cómplice fui enseguida a buscaros. Solo con vuestra ayuda podré probar mi inocencia.

—¿Y ahora qué vamos a hacer? –Magnus se rascó la cabeza–. Dubios regresará enseguida. Así que no nos queda mucho tiempo.

—Iremos a hablar con Schliemann –decidió Lily. Sus ojos relucían de ira a la luz de las estrellas–. Le contaremos quién es el verdadero ladrón. Y tú, Alexios, traerás a unos cuantos trabajadores robustos para que podamos dispensarlo a ese distinguido capataz el recibimiento que se merece.

Schliemann se puso hecho una furia cuando se enteró de los planes de su capataz. Estaba tan enfadado que no podía dejar de caminar de un lado a otro del cuarto de estar. La borla de su gorro de dormir oscilaba con fuerza a cada vuelta.

—¡Voy a tachar a ese tunante de todas mis anotaciones! –gritó–. Nadie sabrá de su existencia en el futuro. ¡Lo borraré de la memoria de la humanidad!

—Para él será sin duda un castigo tremendo –se burló Lily–. Pero ¿no sería mejor que nos preparásemos para su regreso? Puede aparecer en cualquier momento.

Schliemann se quedó quieto de repente y miró fijamente a Lily como si acabara de materializarse delante de él en ese mismo instante.

—¡Por Zeus, tienes razón! –vociferó–. Dubios es un hombre fuerte. Necesitaremos ayuda.

—Ya la tenemos aquí –anunció Magnus, que llevaba todo el tiempo mirando por la ventana. Alexios se acercaba con tres tipos fortachones.

Ululó una lechuza cuando Hermann Dubios se aproximó a la tienda donde dormía durante las excavaciones. A su alrededor reinaba la oscuridad y todo estaba sereno. El viento jugaba con las hojas de los arbustos y los árboles. Un grajo aleteó por encima de la cabeza del capataz.

—No puedes dormir, ¿eh? –dijo el hombre sonriendo.

Se agachó para abrir la entrada de la tienda y unos brazos musculosos lo agarraron a derecha e izquierda y lo apartaron de allí.

—¡Eh! ¿A qué viene esto? –gritó sorprendido.

El fuego de una cerilla osciló ante sus ojos. Alguien encendió la mecha de una lámpara. Su luz amarillenta

iluminó la escena y deslumbró a Dubios, que tuvo que cerrar los párpados por breves momentos.

Cuando los volvió a abrir, Heinrich Schliemann se hallaba ante él. A pesar del gorro de dormir, que había olvidado quitarse, tenía una actitud amenazadora. A su lado estaban un trabajador, que aguantaba la lámpara, Lily, Magnus y Alexios. Al ver al pastor, Dubios comprendió que le habían tendido una trampa.

—Puedo explicarlo todo –balbuceó–. No es lo que ustedes piensan.

—¿Ah, No? –Schliemann se plantó muy cerca del capataz. Sus ojos brillaban de rabia, como si quisiera traspasarlo con la mirada–. Pues ahora sí que me ha intrigado. Cuente, cuente.

A Dubios le caía el sudor por la frente. Apretó los labios. Trató de buscar una excusa…, pero con las prisas no se le ocurrió nada.

—¡Ajá! –gritó Schliemann triunfante. La borla del gorro dibujó un semicírculo en el aire–. Va a ser lo que yo pensaba. –Dio un paso atrás–. Estos niños, que se han comportado como verdaderos héroes, oyeron cómo planeaba usted vender el tesoro de Troya, *mi* tesoro. A ellos hay que agradecer que sus turbios manejos se hayan ido al traste.

Dubios miró a los niños con una mezcla de enfado y miedo. Lily y Magnus no pestañearon. Él era el culpable de hallarse ahora en un aprieto. Había mentido, engañado y robado. Y, además, intentado que la culpa recayera sobre Alexios.

—Creo que vamos a tener que conversar de una buena vez –continuó Schliemann. El gorro de dormir se le escurrió hacia la nariz; al fin se dio cuenta de que lo llevaba y se lo metió rápidamente en el bolsillo de la chaqueta–. Quiero mi tesoro. Y los delincuentes deben tener su castigo.

Su rostro era una máscara grotesca. Los dos obreros que agarraban a Dubios hicieron más presión. El capataz pegó un tirón, pero no logró liberarse.

—Vosotros volveréis a la cabaña –dijo Schliemann a Lily y a Magnus. Por el tono de su voz comprendieron que lo mejor era obedecer.

Se pusieron en camino con sentimientos encontrados. ¿Qué se traía Schliemann entre manos? ¿Iría a buscar a la policía? ¿O quería hacerle algo al capataz? No se habían imaginado que la captura del ladrón fuera a terminar así. Merlín graznó y aterrizó sobre el hombro de Lily. Como si quisiera decir que todavía no había empezado lo bueno.

Los niños no se fueron enseguida a la cama. Era más de medianoche, pero estaban demasiado nerviosos para dormir. Se tumbaron sobre el lecho y repasaron lo ocurrido. Les parecía increíble cuántas cosas habían sucedido desde la mañana. Habían encontrado el tesoro y lo habían escondido. Luego, se lo robaron. Primero creían que Alexios era el ladrón, hasta que el chico los llevó a la cita de Dubios con su cómplice. Y, algo después, se enfrentaron a él junto con Schliemann y otros tres trabajadores.

—Espero que a la vuelta de vacaciones no tengamos que hacer una redacción con el tema "La experiencia más bonita del verano" –dijo Lily–. Esta aventura da para un libro.

—Y, además, no nos creería nadie –apuntó Magnus–, porque nadie salvo nosotros está al tanto de la existencia del túnel.

—Qué lata que no inventaran la máquina de fotos en la Edad de Piedra –suspiró Lily–. De ser así, tendríamos unas cuantas fotos para probar que...

No pudo terminar la frase. La niña observó con horror que el picaporte de la puerta de la habitación comenzó a descender muy despacio. Magnus siguió su mirada. Respiró hondo y luego aguantó el aliento. Alguien pretendía cogerles por sorpresa. Pero ¿quién? ¿Alexios? No, se acababa de despedir de ellos para regresar junto a su familia. ¿Heinrich Schliemann? Tampoco. Siempre llamaba con los nudillos antes de entrar. Magnus oyó los latidos de su pulso martilleando en sus oídos. ¿No sería…? Eran tres hombres los que le tenían agarrado… Pero tal vez sí…

La puerta se abrió de golpe. Ante ellos estaba Hermann Dubios. Tenía algunos cardenales en la cara y la camisa salpicada de sangre. De algún modo había conseguido zafarse de Schliemann y los obreros. Y su primer pensamiento fue…

—¡Escoria inmunda, me habéis traicionado! ¡Un día más y sería un hombre rico! –Cogió carrerilla y estampó el puño contra la pared de listones de madera–. Pero teníais que irle con el cuento al jefe. Y él quería sonsacarme el lugar del escondite golpeándome. Pensaba incluso entregarme a la policía, esa alimaña.

Le dio una patada a la única silla que había en la habitación y esta cruzó volando el cuarto. Merlín aleteó asustado hasta el armario. Lily y Magnus se abrazaron temblando de miedo. "Esto va a terminar mal –pensó Lily–, muy mal."

—Pero el jefe no había contado con mis pocas ganas de ir a la cárcel. Y por eso he podido huir en un momento de despiste de esos paletos. Imaginaos lo que se me ha ocurrido cuando subía corriendo por la colina…

Se inclinó hacia delante y sonrió a los niños con una mueca. Lily buscó frenéticamente una salida. En saltar por la ventana se tardaba demasiado. Y el camino a la puerta se lo impedía el capataz. Estaban atrapados.

—Bueno, he pensado que vosotros dos y ese zagal sois los únicos testigos de que he robado el tesoro. –Dubios cruzó los dedos e hizo que sus huesos crujieran–. Todo lo demás puedo explicarlo. Afirmaré sencillamente que seguí a Alexios hasta el escondite del tesoro. Y con eso tendré las espaldas cubiertas. Siempre que me ocupe de que vosotros no me podáis traicionar una segunda vez.

Frunció el rostro en una mueca todavía más espantosa. Levantó las manos despacio y avanzó un paso hacia Lily y Magnus. Entonces se oyó el ruido de unas botas que golpeaban el suelo con fuerza en dirección al cuarto. Dubios se dio la vuelta irritado. En la puerta estaba Heinrich Schliemann. Llevaba un pico en la mano.

Lily fue la primera que se dio cuenta de que aquella era la oportunidad para huir.

—¡Corre! –gritó saltando de la cama.

Magnus reaccionó como el rayo. Dando muestras de una gran serenidad, pegó un empujón a la lámpara de la mesilla. Esta se cayó al suelo y se apagó. En el cuarto reinó una oscuridad absoluta. Dubios bramó de coraje. Un estallido anunció que Schliemann había asestado un golpe con el pico. Casi al mismo tiempo se sintió un sonido apagado y crujió algo. Alguien gimió, pero los niños no supieron reconocer si era el capataz o Schliemann. Siguió un fuerte aleteo. Merlín se había puesto en movimiento. Lily trató de averiguar en qué dirección. El jaleo era tan considerable que había perdido la orientación y ya no sabía dónde estaba la salida que los llevaría a la salvación.

Un nuevo estallido y un grito. Lily reconoció la voz de inmediato. ¡Magnus! ¡Le habían dado! Tentó hacia delante para ver si lo encontraba. Le llegaba el ruido de la lucha entre Schliemann y Dubios, y los graznidos entremezclados de Merlín. Probablemente el pájaro trataba de picotear a los hombres. Por fin, la chica alcanzó a Magnus. Estaba encogido en el suelo y gemía.

—¡Tenemos que salir de aquí! –gritó Lily.

—Mi pierna –se quejó el chico–. Me duele mucho.

El cristal de la ventana tintineó. Dubios había lanzado a Schliemann, que era mucho más bajo que él, contra la pared.

—Apóyate en mí –ordenó Lily. Lo levantó por encima de su brazo. El chico apretó los dientes con valentía. Los ojos de Lily ya se habían acostumbrado a la oscuridad. Entre sombras vio que Schliemann todavía no había perdido la batalla. El arqueólogo saltó sobre la espalda de Dubios, que trataba de nuevo de dirigirse hacia los niños. Allí estaba la puerta. Justo delante de ellos.

—¡Vámonos de aquí, Merlín! –dijo ella.

Con gran esfuerzo los niños lograron salir del dormitorio y de la cabaña. El grajo les siguió los pasos.

—¡Al túnel! –le gritó Lily–. Tienes que avisar a Albert. ¡Vamos, vuela!

El grajo graznó tres veces y salió volando.

El camino hasta la entrada del túnel se les hizo eterno. Magnus no podía apoyarse en la pierna izquierda. A la luz de las estrellas se entreveía en ella el brillo de la sangre. Descargando una parte de su peso sobre Lily, cojeaba colina abajo. De vez en cuando tenían que parar. Ignoraban cómo habría terminado la pelea en la cabaña. Estaban demasiado lejos para divisar lo que allí ocurría.

—¡Continuemos! El último trecho –le animó Lily.

Al levantarse, el chico respiró hondo. Le dolía la pierna espantosamente. Pero nadie podía ayudarlos. Tenían que volver al presente por sus propios medios.

—¡Allí delante! Allí está el arbusto de la entrada. –Lily trató de que su voz sonara alegre. Ya hacía rato que estaba al límite de sus fuerzas. La cercanía del túnel les dio nuevos ánimos. Agotaron las últimas energías para alcanzar la entrada y arrastrarse a cuatro patas hasta el sótano. 🮱 🮱 🮱

Allí ya los esperaba Albert. Muy asustado, ayudó a la niña a levantarse izándose en la silla de ruedas.

La cara de Lily estaba sucia de sudor y polvo, y respiraba desacompasadamente.

—Magnus…, un médico…, ya –dijo jadeando.

El rostro en la ventana

Mientras en el presente Albert llamaba a su padre y este le hacía a Magnus un vendaje provisional en la herida de la pierna y llevaba al chico de inmediato al hospital, en el siglo XIX la pelea por fin había terminado. Dubios acabó asestando a Schliemann un puñetazo en la barbilla que le dejó inconsciente. Entonces percibió disgustado que los niños habían desaparecido. Su huida multiplicó su enfado por diez. Quería vengarse, cuanto antes, mejor.

Por casualidad su vista se posó en una mancha oscura en la puerta de la cabaña. Se inclinó y la tocó con el dedo. Un líquido espeso se quedó pegado a su piel. Dubios lo olisqueó. Era sangre. Una sonrisa maléfica se dibujó en su rostro. Así que había oído bien en la confusión de la pelea: el pico de Schliemann había

golpeado al chico y este había caído herido. Observó atentamente el suelo de la cabaña. Allí había otra mancha. Y otra más. Cogió una lámpara a toda prisa y la encendió. Ante él apareció un rastro de gotas de sangre. No tenía más que seguirlo. Le conduciría a los niños con toda seguridad. 🔲 🔲 🔲

Miles de kilómetros en dirección noroeste y más de cien años más tarde, Albert inventaba en el hospital una excusa de lo más inocente para explicar cómo Magnus se había herido de aquella manera.

—Jugábamos a buscar tesoros –contó a su padre y a los de Magnus, que habían llegado muertos de preocupación en cuanto el profesor les dijo por teléfono que su hijo había tenido un accidente–. Pretendíamos encontrar el tesoro de Troya. Y para que resultara más real incluso nos hemos puesto los trajes adecuados y utilizado las herramientas propias de las excavaciones. Era genial. Pero nos hemos debido de meter tanto en el juego que Magnus ha acabado con el pico clavado en la pierna. –Observó inquieto los rostros preocupados. ¿Les parecería razonable? En realidad no había mentido. Eso habría ido en contra del acuerdo que tenía con su padre de no mentirse jamás. Solo que había eludido decir que para aquel "juego" Lily y Magnus habían viajado al pasado y a la auténtica Troya. Y que un delincuente peligroso estaba involucrado en el asunto.

⊡ Entretanto, aquel delincuente había ido a parar a la entrada del túnel secreto.

Examinó el túnel con curiosidad. Lo recorrió hasta llegar al mapamundi que había en la pared.

—Esto es cada vez más extraño –murmuró.

Recorrió con el dedo las líneas doradas que perfilaban los continentes. Justo al lado había un pequeño agujero en el muro. Allí era donde se introducía el cristal azul que cerraba el túnel. Pero ahora el orificio estaba vacío. Preocupada por Magnus, Lily había olvidado interrumpir la conexión entre el pasado y el presente. Dubios siguió adelante por el túnel. Dobló por un recodo... y de pronto se encontró en el sótano de la villa. ⊡ ⊡ ⊡

Al día siguiente, Albert, Lily y Magnus, con la pierna vendada, estaban recuperados y contentos, sentados de nuevo alrededor de la mesa del sótano. En realidad Magnus tendría que haberse quedado en casa, pero había suplicado tanto que finalmente sus padres cedieron suspirando y lo llevaron en coche a la villa.

—Estoy sorprendidísimo de que el profesor no se escamara a causa del túnel –comentó Magnus–. La entrada seguía abierta cuando hemos llegado.

—No tienes ni idea de la pinta que tenías con la pierna ensangrentada y lleno de mugre –se rió Albert–. Al principio mi padre pensaría que estabas muerto. No se entretuvo en mirar al túnel ni un segundo.

—Vaya, ahora caigo en que… –Lily se dio con la palma de la mano en la cabeza–. El túnel… Tengo que poner el cristal azul en su sitio. –Metió la mano

apresuradamente en el bolsillo de su vestido del siglo XIX. Estaba tan sucio de la huida que quería lavarlo en la villa antes de presentarse con él ante su madre. Sacó el cristal y desapareció dentro del túnel.

—¡Ya está! ¡Hecho! –dijo enseguida–. Ahora ya nadie podrá seguirnos hasta el presente. Schliemann, el avaro; Alexios, el callado, y Dubios, el malvado, pueden continuar buscando tesoros en su época.

—A propósito del tesoro y de Schliemann… ¿Qué fue del tesoro de Troya en realidad? –quiso saber Magnus.

—Schliemann lo sacó a escondidas del país, efectivamente –explicó Albert, que lo había estado mirando en Internet y por eso estaba tan bien informado–. Lo expuso en unas cuantas ciudades y luego lo trasladó a Berlín, a un museo. Schliemann no lo quería para él, sino que deseaba tener la seguridad de que un gran número de personas podrían admirarlo. Al final de la Segunda Guerra Mundial unos soldados lo trasladaron a Rusia y todavía sigue allí.

—¿En Rusia? Qué pena –dijo Lily, sentándose en una silla frente a la mesa–. Me habría encantado contemplar las cosas del rey Príamo y de la bella Helena con un poco de tranquilidad. Allí no tuvimos tiempo con tanto jaleo.

—Eh, hay una pequeña confusión al respecto –aclaró Albert–. El tesoro que vosotros encontrasteis no tenía nada que ver con el rey Príamo.

Schliemann se equivocó en eso. En realidad ese tesoro es mucho más antiguo. La Troya en la que estuvisteis primero estaba a menos profundidad de lo que creía Schliemann.

—Bueno, se debió de enfadar de verdad cuando salió a la luz –sospechó Magnus.

—¡Ni te lo imaginas! –aseguró Albert–. Se enfadó tanto que durante toda su vida siguió hablando del tesoro de Príamo.

—¿Pone en Internet algo de nosotros? –Lily hincó los codos sobre la mesa y apoyó la cabeza en las manos–. Al fin y al cabo fuimos nosotros los que lo hallamos.

—Oh… –Albert se rascó detrás de la oreja con expresión incómoda–. El bueno de Schliemann difundió distintas versiones de cómo encontró el tesoro. Y no os mencionan en ninguna de ellas.

—¡Esto es el colmo! –se enfadó Lily–. Sin nosotros habría seguido buscando hasta reventar.

—Tampoco mencionó al malvado Dubios –añadió Albert–. A pesar de que, después de vuestra experiencia, continuó siendo uno de sus principales colaboradores. Y sobre el asunto del robo corrió un tupido velo.

—Por Dubios no lo siento –murmuró Magnus–. A él le debo este recuerdo –dijo tocándose con precaución la pierna vendada–. Estoy verdaderamente contento de que entre él y nosotros haya más de cien años de distancia.

Se apoyó de nuevo en el respaldo de la silla y sintió a través de la ventana abierta la calidez de aquel día de verano.

La pierna de Magnus mejoraba deprisa. Una semana más tarde ya le quitaron el vendaje y lo sustituyeron por un apósito. Sin embargo, el recuerdo de la búsqueda del tesoro duró mucho más. Albert tomó prestado de la biblioteca un volumen con fotos del tesoro. Lo estuvieron ojeando juntos en el sótano.

—¡Guau, brilla que te pasas! –comentó Magnus con asombro.

—Cuando desenterramos los objetos estaban llenos de polvo y tierra –le explicó Lily a Albert.

Merlín, que iba y venía saltando muy interesado entre los niños, despegó de pronto y voló hacia la ventana dando graznidos. Magnus lo siguió con la mirada.

—¡AAAYYY! –gritó asustado.

Albert y Lily le miraron perplejos.

—¿Qué pasa? –preguntaron los dos a un tiempo.

—Allí…, en la ventana. –Magnus tragó con dificultad–. Le he visto… Estaba mirando hacia dentro.

—¿A quién? –Lily se levantó de un salto, acercó una caja bajo la ventana, se subió encima y miró afuera. No había nadie–. ¿A quién has visto?

Magnus tuvo que respirar hondo tres veces antes de poder responder.

—¡A Dubios! –soltó finalmente–. He visto a Dubios. Está aquí. En nuestro tiempo.

Lily se mordió el labio inferior. Albert se puso muy serio. ¿Se habría equivocado Magnus? Tal vez las fotos le habrían refrescado tanto la memoria que... Pero, por otro lado, el túnel había permanecido abierto un montón de horas sin que nadie lo vigilara. Y que alguien del pasado podía ir a parar al presente ya lo había demostrado antes la tortuga Helena. Bueno..., si Magnus tenía razón, un enemigo peligroso deambulaba por allí en absoluta libertad. Un enemigo que quería vengarse de ellos.

—Me da la impresión de que nuestra aventura con el túnel secreto va a ser más intensa y apasionante de lo que creíamos al principio –susurró Albert.

Lily y Magnus asintieron con el ceño fruncido.